LARAS

JAHRESCHRONIK 2024

Oder: Aus einem Katzenleben in

Kurort Hartha und Sellin

Von und mit :

Lara, der schönsten (vielleicht) und klügsten (ganz sicherlich) Katze des Grundbachtals und der Seestraße

© 2024 Joachim Thomas
Verlag: BoD · Books on Demand GmbH,
In de Tarpen 42, 22848 Norderstedt
Druck: Libri Plureos GmbH, Friedensallee 273,
22763 Hamburg
ISBN: 978-3-7597-9464-2

Liebe Leserinnen und Leser-

Liebe Freunde-

Ja, und noch einmal habe ich mich breit schlagen lassen und eine Jahreschronik verfasst. Eigentlich wollte ich mir auf meine alten Tage diese Mühe ersparen. Aber irgendwie habe ich festgestellt, es gibt da tatsächlich Fans von mir und meinen geistigen Ergüssen, die auf ein solches Jahresendwerk nicht verzichten wollen. Nun denn- packen wir es an. Hier ist sie dann: die achte Ausgabe meiner Jahreschronik. Und was soll ich euch sagen, liebe Freundinnen und Freunde- das seid ihr ja inzwischen, sonst würdet ihr ja nicht so beharrlich auf einer neuen Ausgabe bestehen- auch das Jahr 2024 war bei mir und meinen Mescheneltern Dagi und Jochi ein ziemlich intensives, gefüllt mit interessanten Erlebnissen, tollen Reisen und schönen Veranstaltungen, aber auch mit nicht eingeplanten schöpferischen bzw. körperlich bedingten Einschränkungen. So ist das eben, wenn man in die Jahre kommt.

Das geht mir so -und natürlich auch meinen umtriebigen Mitbewohnern, die allerdings der Auffassung sind, sie müssten aus jeder Situation nur das Beste machen. Eine Auffassung, die ich durchaus teile. Und weil wir da einer Meinung sind- Dagi, Jochi und ich- vertragen wir uns auch so gut und pflegen ein total harmonisches Familienleben. Das ist doch prima- oder?

Ja, liebe Freunde , es ist interessant, sehr sogar, einen Blick auf das vergangene Jahr zu werfen und sich in Erinnerung zu rufen, was so alles geschehen ist- im Großen (also in der Weltpolitik) wie auch im Kleinen (also bei uns zu Hause). Wie immer beschränke ich mich im Wesentlichen auf das Kleine, auf unseren ganz persönlichen häuslichen Jahresrückblick. Alles andere wäre für mich nicht anregend, sondern eher aufregend- zu aufregend. Denn im zurückliegenden Jahr 2024 ist die Welt noch mehr aus den Fugen geraten, als in den ohnehin schon chaotischen Jahren zuvor- und das will etwas heißen. Der Krieg in der Ukraine tobt immer noch- und ein

Ende dieses schrecklichen Wahnsinns ist noch nicht abzusehen. Im Nahen Osten tobt ein weiterer Krieg, völlig sinnlos in meinen Augen- aber wer hört in der Weltpolitik schon auf eine kleine Katze. Dann gibt es noch die weiteren Krisenherde auf der Welt, zum Beispiel im Sudan oder in Myanmar. Meine beiden häuslichen Mitstreiter haben vor einigen Jahren dieses Land besucht- ein wahres Paradies, wie sie meinten mit einer sehr ausgeprägten Kultur und liebevollen Menschen. Aber auch das ist schon wieder Geschichte. Verstehe einer die Menschen.

In den USA hat in diesem Jahr ein Wahlkampf stattgefunden, der seinesgleichen sucht. Und am Ende ist Herr Trump als Sieger aus dieser Schlammschlacht hervorgegangen in all seiner Selbstherrlichkeit und Selbstverliebtheit. Eigentlich nur ein stupider Zirkusclown- aber die Amerikaner haben ihn gewählt und müssen jetzt sehen, was auf sie zukommt. Wir natürlich auch. Und auch das ist mehr als ein schlechter Witz. Unser lieber Bundeskanzler verlässt das sinkende Schiff, das er in den Abgrund gesteuert hat und erhofft sich von den Neuwahlen eine Bestätigung seiner mehr als desaströsen Politik. Ja- wo leben wir denn. Manchmal habe ich wirklich den Eindruck, dass tatsächlich allein wir Tiere die Lebewesen sind, die vernunftbegabt und weltoffen sind- von vielen Menschen kann man das tatsächlich nicht behaupten.

Die globale Klimaerwärmung hat uns in diesem Jahr erneut viele Katastrophen, Überschwemmungen und auch andererseits Hitze- und schreckliche Dürreperioden beschert- insbesondere in den Ländern, südlich von uns gelegen, einer Region also, die von meinen Menscheneltern ebenfalls gerne als Urlaubsgebiet besucht wird.

Und weiterhin sind viele Menschen auf der Flucht und suchen einfach nach besseren, menschenwürdigeren Lebensverhältnissen, als sie sie in ihren Heimatländern haben, aus denen sie vertrieben werden. Aber- wie gesagt- über die große Weltpolitik zu berichten, ist nicht meine Sache. Das Unheil, das einige dem offenen Wahnsinn verfallene Politiker und diverse andere hirnverbrannte Zweibeiner anrichten, zu kommentieren, steht mir nicht zu. Ich beschränke mich mit meiner ganz kleinen Berichterstattung- wie schon in den vergangenen Jahren- alleine auf meine unmittelbare heimische Welt und die meiner geliebten Menscheneltern.

Aber jetzt sollte ich mich, glaube ich, erst einmal vorstellen. Es sei denn, sie kennen mich schon aus den Ergüssen meiner früheren Jahreschroniken.

Also: mein Name ist Lara- nicht aufregend, aber schön- finde ich. Ich bin eine Katze- auch nicht unbedingt aufregend, aber ebenfalls sehr schön- finde ich. Ich bin sozusagen die Bestimmerin in unserem Haushalt, der außer mir noch aus meinen Menscheneltern Dagmar (Dagi) und Joachim (Jochi) Thomas besteht. Wir wohnen in Sachsen, im schönen Kurort Hartha in der Nähe von Dresden. Und wir wohnen außerdem in Sellin auf der wunderschönen Insel Rügen. Eine Katze mit zwei Wohnsitzen- wenn sie sich nicht bisweilen urlaubsbedingt im Tierheim in

Taubenheim befindet bzw. befinden muss, dem dritten Wohnsitz sozusagen. Wer hat das schon?

Ich liebe mein(e) Zuhause, genieße das Leben- wenn ich nicht gerade von „Rosi" oder „Mango" gestört werde, zwei noch relativ junge, aber ziemlich nervige Katzen, die vor noch nicht allzu langer Zeit in meine unmittelbare Nachbarschaft gezogen sind. „Schönen Schrank auch", kann ich dazu nur sagen. Die beiden sind nämlich lebendig, genau genommen- wahnsinnig lebendig - ein junger Kater und eine Katze, beides Geschwister-, sie unterstützen mich zwar, wenn es darum geht, sich gegen die Übermacht der Hunde, die unser ansonsten recht ruhiges Wohngebiet für sich zu beschlagnahmen versuchen, zur Wehr zu setzen, bringen mich aber so manches Mal auch zur Weißglut. Vor allem dann, wenn sie klammheimlich versuchen, in unser Haus zu gelangen, um sich an meinem Fressnapf zu laben. Oder auch, wenn sie den eigentlich eigens für mich konstruierten Kellereingang benutzen, um sich ein sanftes und gemütliches Plätzchen zum Verweilen zu suchen. Wie viel schöner ist es dagegen an meinem Zweitwohnsitz- oder nach dem erfolgten Passeintrag sogar Erstwohnsitz- in Sellin. Auch hier habe ich meinen ständigen Begleiter gefunden, ein hübsches Katerchen, der mich besucht, wenn ich das will, und der mich mitnimmt auf die Exkursionen in die Nachbarschaft. Was will man mehr. Als Katzenlady weiß man halt, was für das persönliche Wohlbefinden von Vorteil ist.

Davon einmal abgesehen, führe ich ein sehr angenehmes Leben- ich kann nicht klagen, tue das ja auch nicht. Meine täglichen Mahlzeiten sind gesichert, Schlagsahne gibt es auch, wenn ich das wünsche. Und überhaupt- ich habe meine Menscheneltern sehr gut im Griff- was will man noch mehr. Ich genieße alle Freiheiten, die man sich nur vorstellen kann. Und dazu gehört auch, dass ich nahezu jederzeit Jochi´s Arbeitszimmer in Beschlag nehmen kann und seinen Computer (wenn er selbst sich nicht gerade an irgendwelchen kindischen

Spielchen versucht), um meine geistigen Ergüsse zu Papier zu bringen. Und davon profitieren sie ja letztlich als Leser`in dieser Jahreschronik.

Ich wünsche und hoffe, dass Sie trotz der verzwickten Lage im Weltgeschehen, trotz Wirtschafts-und Energiekrise viel Freude haben an dem, was ich Ihnen erzählen werde. Und das ist gar nicht einmal so wenig- wer hätte das gedacht. Meinen umtriebigen zweibeinigen Mitbewohnern ist es doch irgendwie gelungen, auch in diesem Jahr einiges zu unternehmen und zu erleben. Und das, obwohl sie ja auch nicht mehr so ganz taufrisch sind. Aber still auf dem Sofa zu sitzen, in die Glotze zu schauen und die Beine hochzulegen- das ist nicht ihr Metier. So kenne ich sie- und ganz ehrlich- so liebe ich sie, auch wenn ich es so manches Mal ein wenig bedächtiger hätte zu Hause. Denn sie haben fast immer etwas vor: weite oder weniger weite Reisen, Ausflüge, Kulturveranstaltungen- also all das, was eine Katze eigentlich nicht braucht.

Meine beiden Menscheneltern genießen ihre Freiheit im wohlverdienten Ruhestand „in vollen Zügen" - könnte man sagen, obwohl sie kaum auf der Schiene unterwegs sind. Stattdessen im Auto, im Wohnmobil, im Flugzeug. Und davon berichten sie mir dann ausführlich, zeigen mir Fotos und Filme.

Alles das nehme ich zur Kenntnis, lausche ihren Ausführungen gebannt, auch wenn mir eine Teilnahme nicht vergönnt war. Und als brave Chronistin bringe ich alles zu Papier- für sie, liebe Leserin und lieber Leser.

Wenn meine derart zu Papier gebrachten Ausführungen sie dennoch wider Erwarten langweilen sollten- dann ist es halt so. Kann ich auch nicht ändern. Legen Sie das Buch einfach in die Ecke und stellen selbst etwas auf die Beine. Geht doch auch. Denn eines ist sicher- und das habe ich ihnen bereits im letzten Jahr gesagt und im vorletzten- und ich wiederhole mich gerne- als Abwandlung von einer doch sehr bemerkenswerten Lebensweisheit, die man

sich getrost zu Herzen nehmen sollte:
derjenige nämlich, der sich für nichts mehr
interessiert im Leben, der hat schon
verloren. Und Sie- liebe Leserin und lieber
Leser und auch ich- wir sind doch alle
Gewinner. Eben .

In diesem Sinne wünsche ich Ihnen viel
Spaß an diesem Jahresüber- und Rückblick
2024. Trotz Krieg in der nahen Ukraine ,
trotz Kriegsgeschehens im Nahen Osten und
trotz Energie- und sonstiger Krisen, trotz
Waldbränden und Unwettern, trotz der
eingebrochenen Brücke in Dresden und
trotz widersinniger Wahlergebnisse bei
Landtagswahlen -wieder ein Jahr mit
vielen schönen Ereignissen und Erlebnissen-
bei uns jedenfalls, bei :

Dagi, Jochi und Lara Thomas.

 Viel Spaß beim Lesen.

Das Jahr 2024 beginnt........

erst einmal noch nicht. Denn erst einmal muss ich überlegen, womit ich die letzte Jahreschronik beendet habe- es soll ja alles irgendwie nahtlos weitergehen. Und unter den Tisch fallen sollen ja schöne Erlebnisse und Ereignisse auch nicht- das wäre doch wirklich viel zu schade.

Ach ja- mir fällt es wieder ein. Die letzte Jahreschronik endete mit dem Weihnachtsoratorium in der Christuskirche in Freital, bei dem Dagi kräftig mitgesungen hat. Eine tolle Veranstaltung- das kann ich aus eigener Anschauung bestätigen- denn Jochi hat mir das Video gezeigt. Mir kräuseln sich jetzt noch meine grauen Nackenhaare vor Begeisterung.

Aber damit war ja 2023 noch nicht zu Ende. Ich hatte ja bereits angedeutet, dass die in der letzten Chronik von mir angesprochene „Kuhhaut" meiner Menscheneltern in jenem, dem vorvergangenen Jahr 2023 noch nicht voll war. Es gab da nämlich noch so einiges. So sind meine beiden Mitbewohner ein paar Tage später in Meißen unterwegs, vergnügen sich dort auf dem Weihnachtsmarkt und besichtigen die wirklich sehr beeindruckende Sonderausstellung "1423" auf der Albrechtsburg.

Nur einen Tag später, am 13. Dezember sind meine zwei unstetigen Mitstreiter schon wieder in Dresden unterwegs, genießen dort im Boulevard-Theater „The Steve Wonder Story". Eine offenbar ganz tolle Geschichte, von der mir noch tagelang vorgeschwärmt wird.

Es sei ihnen gegönnt- solange ich meine Ruhe habe, können sie anstellen, was sie wollen. Ich muss mir hinterher ja ohnehin anhören, was sie so alles erlebt haben- das reicht mir dann auch.

Und was liegt noch so an vor Weihnachten? Also zunächst wird unerwartet früh meine Jahreschronik angeliefert. Echt schön ist sie geworden- ich bin schon ein bisschen stolz auf mich. Und die wird nun eingetütet und quasi als Weihnachtsgeschenk an unseren Freundeskreis verschickt. Also- ich halte mich da zurück. Ich hatte ja schon zuvor die Hauptarbeit an diesem Werk zu leisten, habe jetzt noch richtig Muskelkater in meinen Pfoten wegen der Schreiberei. Jetzt müssen Dagi und Jochi auch mal ran, mal etwas Sinnvolles tun und nicht nur den ganzen Tag lang dem Vergnügen frönen. Das allerdings machen sie am Sonnabend schon wieder. Da findet nämlich in ihrer Tanzschule der obligatorische jährliche Weihnachtsball statt- und da dürfen die Beiden keinesfalls fehlen- das liegt doch auf der Hand. Oder besser gesagt in diesem Fall: das liegt praktisch auf den Füssen. Eben- und deshalb bewegen sie diese auch ausgiebig an diesem Abend und fallen danach wie Steine in ihr Bett. Ich verbringe diese Nacht zum 4. Advent also praktisch zwischen zwei Mühlsteinen- stellen sie sich das einmal bildlich vor.

Was nun folgt sind dann ein paar sehr ruhige Tage. Meine Menscheneltern sind damit beschäftigt, die übliche Weihnachtspost zu erledigen, um diese dann der Deutschen Post anzuvertrauen in der Hoffnung, diese werde dann auch pflichtgemäß transportiert werden. So sind sie halt, meine guten Naivlinge. Aber egal- ich selbst rolle mich zusammen und genieße einfach mal das Nichtstun. Was soll ich auch anderes machen? Denn draußen ist es im Moment wirklich nicht angenehm: es ist kalt und stürmisch- und dann fällt auch noch Schnee. Einfach mies ist das- und trotzdem lassen sich die Grundbachtaler nicht davon abhalten, noch kurz vor Weihnachten eine Nachbarschaftsfeier zu veranstalten. Die in den letzten Jahren neu zugezogenen Bewohner des Quatrohauses laden dazu ein. Eine feine Sache- und Dagi und Jochi folgen ganz selbstverständlich dieser Einladung. Irgendwie muss man sich ja kennenlernen in dieser kleinen Straße. Genug merkwürdige Mitbewohner gibt es ja hier- und das sind nicht alleine die Hunde, die mich nerven. Aber lassen wir dieses Thema, denn Weihnachten ist ja das Fest der Liebe und da soll man nur Gutes über seine Mitmenschen bzw. Mittiere sprechen, was ich hiermit auch tue. Also: es gibt nur liebe Kläffer in meiner geliebten Umgebung, große und kleine. Damit habe ich - so glaube ich wenigstens- mein weihnacht- liches Mitgefühl hinreichend dokumentiert.

Wie schon gesagt, draußen ist es wirklich grausig. Es stürmt und schneit- kein Wetter für temperaturempfindliche kleine Katzen. Also verlaufen die Weihnachtstage sehr ruhig und in häuslicher Abgeschiedenheit. Auch deshalb, weil unsere Dresdner Familie kränkelt und mehr oder weniger die Feier- tage im Bett verbringen muss. Eigentlich schade, denn ich hatte mich auf die freudigen Gesichter von Tamika und Tessa gefreut, wenn sie ihre Geschenke auspacken. Naja- folgt dann eben später. Hauptsache ist ja, dass ich meine Geschenke erhalte. Diese allerdings packe ich nicht selbst aus, sondern lasse meine Lakaien das für mich erledigen. Irgendwie muss ich ja zeigen, wer hier im Haus das Sagen hat.

Etwas überrascht bin ich dann aber doch, als Dagi und Jochi am 28. Dezember ihre Koffer packen- allerdings nur die ganz kleinen- meine Fressnäpfchen randvoll mit köstlichem Futter auffüllen, mir noch mal das Fell kraulen und dann einfach so sagen: "Bis morgen dann Lara-tschüss." Was soll ich davon halten? Erst später bekomme ich mit, dass sie sich trotz des miesen Wetters auf den weiten Weg gemacht haben, ihre Enkelkinder im entfernten Norddeutschland persönlich aufzusuchen, um ihnen ihre Weihnachtsgeschenke in die Hand zu drücken. Erst der Besuch in Lüneburg und dann die Weiterfahrt nach Hamburg-Sasel. Hier, bei Christoph, Steffi, Emilia und Theresa verbringen sie einen sehr schönen Abend, bleiben natürlich auch über Nacht und werden dann am folgenden Morgen von zwei sehr munteren „Kätzchen" geweckt. Sehr schön- allein dafür hat sich die lange Fahrt gelohnt.

Natürlich bin ich ein wenig angeknirscht, als die beiden dann am 29. Dezember am späten Nachmittag wieder zurückkehren. Aber ich bin ja nicht nachtragend, zumal ich mitbekomme, dass die Rückfahrt alles andere als angenehm war. Da kann ich auch einmal meine liebevolle Art zeigen- und so sitzen wir abends dann auch ganz harmonisch zusammen und schauen der Jahreswende entgegen. Die dann natürlich auch kommt: zwei Tage später.

Ich muss jetzt einmal um Entschuldigung bitten für einen kleinen, ganz persönlichen Einschub meinerseits. Ich kann ja verstehen, wenn die Menschen die Feste so feiern wollen, wie sie fallen. Und die Jahreswende ist ja auch ein solches, sich jährlich wiederholendes Fest: das vergangene Jahr wird zurückgelassen und das Neue freudig in Empfang genommen und begrüßt. Ja, alles schön und gut- aber muss das so lautstark geschehen mit Böllerei und Raketen und einem Riesentamtam? Wer von den so ausgefallen feiernden Menschen denkt bei dieser Knallerei an die armen Kreaturen, die das alles aushalten müssen? Aber so sind sie nun einmal, diese Zweibeiner- einerseits geben sie sich so tierfreundlich und umweltbewusst- aber dann hauen sie doch wieder auf die große Pauke und veranstalten einen Höllenlärm.

So auch in diesem Jahr- und wie gewohnt, verbringe ich den Übergang von 2023 auf 2024 in unserem Keller, ganz hinten unter meiner geliebten Eisenbahnanlage. Denn draußen geht es richtig zur Sache- Ohrenstöpsel habe ich leider nicht finden können.

Und Dagi und Jochi- sie sind auch zu dieser Jahreswende dort, wo sie schon die letzten Jahre gefeiert haben- im Tivoli in Freiberg. Und sie genießen diesen Abend bei toller Musik und kulinarischen Genüssen. Sie feiern ausgelassen mit ihren Freunden Nicole und Wolfram. Irgendwie müssen sie ja auch mal in der Öffentlichkeit zeigen, was sie so in ihrer Tanzschule gelernt haben. Ich kenne das ja, muss mir täglich ihre lustigen Verrenkungen im heimischen Wohnzimmer ansehen und dabei natürlich auch Bewunderung heucheln. Naja- hier in Freiberg haben sie das entsprechende Publikum und können sich so nach Herzenslust austoben. Es sei ihnen gegönnt.

So starten wir also in das Neue Jahr 2024- für mich beginnt es im heimischen Keller,

für meine - ach, so geliebten - Menscheneltern auf der Tanzfläche im Freiberger
Tivoli.

Und dann: dann passiert erst einmal gar
nicht viel. Eigentlich sollte das Wohnmobil
in die Werkstatt zur Reparatur gebracht
werden - aber auch da ist „tote Hose" - und
Dagi und Jochi sind stinksauer, warten
jetzt schon ein halbes Jahr darauf, dass der
Schaden im hinteren Bereich behoben wird.
Wird er aber nicht. Den Jahresanfang
haben sich meine beiden Strategen etwas
anders vorgestellt. Ich kann von meinem
gemütlichem Plätzchen im Wohnzimmer
aus verfolgen, wie genervt die Beiden sind,
organisatorische Dinge klären müssen und
unzählige Telefonate führen. Soweit ich das
mitbekomme, geht es dabei insbesondere um
Versicherungsdinge, steuerrechtliche Dinge
und die Beihilfe - alles Dinge, die mir - echt
gesagt - am Bürzel vorbeigehen. So richtiges
Leben findet dann erst wieder am
Wochenende statt, als die wieder genesene
Mockritzer Truppe bei uns aufschlägt - also
Tamika und Tessa mit ihren Eltern. Lange

haben sie geduldig warten müssen auf ihre Weihnachtsgeschenke. Aber jetzt wird dafür kräftig zugeschlagen- auch beim Essen. Aufgeschoben ist eben nicht aufgehoben- und die glänzenden Augen der beiden Mädchen beim Geschenke auspacken und später beim üblichen Spielen mit den obligatorischen Verkleidungskisten (Originalton von Tessa: Opa, bring aber bitte beide Kisten !!!) zeigt mir das überdeutlich. Sozusagen das erste „Highlight" im Neuen Jahr. Und das trotz der Kälte, die im Moment bei uns herrscht. Minus 10 Grad sind angesagt- bitte sehr, da ist es im Haus doch deutlich gemütlicher.

Das neue Jahr beginnt, wie ich schon gesagt habe- sehr ruhig und sehr kalt. So sind auch Dagi und Jochi zumeist zu Hause, werkeln an irgendwelchen Dingen herum, beschäftigen sich mit ihren Computern und erledigen irgendwelchen Papierkram, der liegengeblieben ist. Erst am 13. Januar treibt es sie wirklich mal wieder an die frische, wenn auch weiterhin sehr kalte Luft. Und zwar nach „Hartha glüht"- das Motto einer Veranstaltung, die auf dem

Hartheberg stattfindet- mit Glühwein, Grillwürstchen und Musik- nichts wirklich Weltbewegendes, aber ganz nett organisiert. Abwechslung eben in diesen recht dunklen und kalten Tagen.

In der folgenden Zeit bleibt das Wetter kühl, feucht und matschig. Entsprechend geht es meinem lieben Jochi- auch er ist sehr matschig. Ich kenne das von ihm eigentlich gar nicht. Aber es ist halt so- er hält sich ein paar Tage lang überwiegend im Bett auf- und ich als fürsorgliches Haustier leiste ihm dabei Gesellschaft. Irgendwie eine „win-win

Situation" für uns beide- muss ja auch mal gesagt werden.

Und draußen hält das winterliche Wetter an- es schneit wirklich recht extrem.

Aber irgendwie leben wir ja praktisch im Gebirge- und da gehören richtige Winter eben auch dazu. Und es zwingt mich ja auch keiner, meine kleinen Pfötchen nass zu machen. Also kann ich alles sehr gelassen durch das Wohnzimmerfenster betrachten. Lara ist im Warmen- und das ist ja die Hauptsache.

Aber sie kennen das ja inzwischen, kennen mich, unsere Familie und vor allem meine umtriebigen Menscheneltern. In diesem, unserem Haus, ist Langeweile normalerweise ein Fremdwort. Gewöhnlich ist eben „action" angesagt- und die nächste Aktion startet dann auch wieder am 21. Januar. Claudia und Markus- ganz liebe Freunde von meinen zweibeinigen Mitbewohnern haben eingeladen: es geht in Hoppes Hoftheater in Dresden Weißig. Neuland für Dagi und Jochi, und das- obwohl mein Menschenpapa dereinst Bewohner dieses Stadtteiles war. Aufgeführt wird das Stück „Ein Tsunami aus Quark"- klingt irgendwie lustig, ist auch lustig. Meine beiden Mitstreiter sind jedenfalls sehr angetan von dieser Aufführung und kehren spät am Abend gut gelaunt und beschwingt zurück.

Wenn sie jetzt denken sollten, dass meine Menscheneltern nach diesem lustigen Abend die Beine hochlegen und erst einmal entspannen- weit gefehlt. Bereits am folgenden Abend sind sie wieder unterwegs. „World insight" hat eingeladen ins Penck-

Hotel in Dresden und präsentiert dort die aktuellsten Reisen nach Mittel- und Südamerika. Quasi ein „Muss" für meine reiselustigen Mitbewohner, das man sich nicht entgehen lassen kann. Tun sie ja auch nicht.

Jetzt kehrt aber wirklich für ein paar Tage Ruhe ein in unserem trauten Haus- naja, weitgehend jedenfalls. Denn Tamika sucht uns auf und näht intensiv mit ihrer Oma, während Opa Jochen sich beim Bierbrauen produziert. Jedem das Seine- kann ich da nur sagen.

Habe ich Ihnen eigentlich schon gesagt, dass ich von Natur aus eine „Meerkatze" bin. Oder anders ausgedrückt: ich liebe das Meer, die Ostsee, meine zweite Heimat. Am 26. Januar brechen wir mal wieder auf nach Sellin- lange habe ich darauf gewartet und ich maule auch nicht herum, weil mir eine lange Autofahrt bevorsteht. Ich weiß ja, dass diese Tortur einfach dazugehört- und am Ende ist ja alles gut. Ich bin einfach nur glücklich- ein friedliches und wunderschönes Zuhause ohne Rosi und Mango wartet auf mich. Mein Katerchen wartet erwartet mich ebenfalls sehnlichst und ich komme aus dem Schnurren gar nicht mehr heraus.

Ein paar ausgesprochen ruhige Tage liegen vor uns- und das ist ja auch gut so. Ich halte mich viel draußen auf der Wohnanlage auf- sehr schön, weil keine Touris da sind und mein Katerchen mir seine Umgebung zeigt. Meine Menscheneltern legen die Beine hoch- oder bewegen sie mit kleineren Spaziergängen am Strand. Einfach mal ein paar Tage Entspannung pur, ehe es am 31. Januar wieder zurück geht nach Hartha. Eigentlich schade, denn ich habe mich richtig wohl gefühlt in meinem zweiten Zuhause.

Aber auch in Hartha verleben wir jetzt ein paar ganz entspannte Tage- ich jedenfalls. Dagi und Jochi haben ja immer irgendwie ein volles Programm: Dagi schreddert alte Akten oder näht und Jochi ärgert sich mit der Beihilfe herum, bastelt aber auch an einem Film für Christoph, der im Mai 40 Jahre alt wird- alte Aufnahmen werden herausgesucht und fein säuberlich in ein neues filmisches Gewand gepackt. Und dann gibt es ja auch noch die alltäglichen Tanzübungen meiner lieben zweibeinigen Mitbewohner, die ich irgendwie ertragen muss- es sei denn, ich verkrieche mich in meine Höhle, in der ich meine wohl-verdiente Ruhe genieße. Hier oben unter dem Dach ist es ruhig, mollig warm und trocken- während draußen Schneetreiben und Kälte herrscht. Ein in jeder Hinsicht unausstehliches Wetter- jedenfalls für ein kleines Kätzchen.

Abwechslung in unserem trauten Heim gibt es eigentlich in diesen Tagen nur, wenn Tamika und Tessa uns heimsuchen und ihre beiden inzwischen leicht betagten Groß-eltern auf Trab halten- vor allem natürlich mit den Verkleidungskisten.

Ich finde das sehr lustig- die beiden Mädchen auch- und Dagi und Jochi müssen da durch. Ihnen bleibt eben nichts erspart- ich verkneife mir mal einen spöttischen Kommentar.

Am 10. Februar sind meine beiden Mitstreiter dann doch unterwegs- sie besuchen Dagis Cousine Nicolle und ihren Mann Thomas, quatschen und plaudern mal wieder munter miteinander. Ich für meine Person wäre eigentlich auch ganz gerne mitgefahren. Aber die beiden haben neuerdings einen Mitbewohner- und zwar einen jungen Hund. Naja- sie können mich sicherlich verstehen- in so einem Fall hält sich meine Neugierde in Grenzen.

Wir verleben also im Moment eine, wie geschildert, recht ruhige und entspannte Zeit- also in erster Linie ich natürlich. Ich pendele zwischen der Katzenhöhle im Obergeschoss, dem Bett meiner lieben Mitbewohner und dem gemütlichen Stuhl im Wohnzimmer hin und her. Faul sein kann so schön sein. Jochi werkelt im Haus herum oder malträtiert seinen Computer. Dagi ist unterwegs und wandert oder treibt sich auf der Kreativmesse herum. Oder aber die beiden tanzen- zu Hause - aber auch in ihrer Tanzschule. So gesehen herrscht schon etwas „action" im Haus. Ich bitte um Entschuldigung, wenn ich jetzt losprusten muss.

Am 20. Februar steht Amazonien auf dem Programm. Sie können damit so richtig nichts anfangen- ist ja auch egal. Im Panometer in Dresden findet diese Ausstellung statt, phantastisch dargestellt mit der Illusion einer Reise nach Südamerika. Das lassen sich meine- ach so umtriebigen- Menscheneltern natürlich nicht entgehen. Und Tamika ist voll dabei und total begeistert. Eintauchen in eine fremde Welt- und das ganz real und plastisch- ist schon toll, was man heute mit technischen Mitteln so alles bewegen kann.

Das nächste Highlight steht bevor. Also für Dagi und Jochi. Mein Highlight ist mein Bett, in dem ich mich breit machen und von den schönen Dingen des Lebens träumen kann. Und dann können meine zwei lieben Mitbewohner mir später erzählen, was sie so treiben und erleben. Eigentlich eine echt gelungene Situation". Und so erfahre ich dann auch, was meine Lieben am 24. 2. aus dem Haus getrieben hat. Also- das waren zunächst einmal ihre Freiberger Freunde Marion und Jürgen. Und mit den beiden haben sie in Dresden einen humorvollen Abend mit Henry Hübchen verbracht. Ein netter und lustiger Abend- es sei ihnen von ganzem Katzenherzen gegönnt.

Aber irgendwie reicht ihnen das nicht. Denn schon am nächsten Tag sind sie wieder unterwegs. Sie treibt es bei dem im Moment herrschenden wunderschönen Vorfrühlingswetter zum Schloss Wackerbarth, um dort den Glühwein zu testen. Nein- das gehört natürlich dazu. Aber in erster Linie genießen sie die Idylle dieses Weinguts.

Ja- so schnell vergeht die Zeit. Die ersten zwei Monate des Jahres 2024 liegen nun schon hinter uns- und so ganz langsam geht es auf den Frühling zu. Ich bin schon ganz kribbelig, kann das kaum erwarten- denn dann wird meine Katzenklappe wieder aufgemacht und ich kann das Haus verlassen, wann immer ich es will. Bin dann nicht mehr auf die Launen meiner Mitbewohner angewiesen.

Aber vorerst ist es ja noch nicht so weit. Das Wetter ist ja auch noch nicht danach. Am 1. März werde ich dann Zeugin eines ganz besonders tollen Ereignisses: meine Intim-feindin, also die freche Katze Rosi von nebenan hat sich besonders mutig gezeigt und ist ganz nach oben in unseren Apfelbaum gestiegen (kleine Anmerkung von mir- ich schaffe das nicht mehr auf meine alten Tage. Muss ja auch nicht sein. Das Leben spielt sich ohnehin auf dem Boden ab). Ja- und nun sitzt sie da oben, kommt nicht mehr herunter und hat das

Höschen voll- so sagt man doch, oder? Und wer eilt herbei und befreit sie aus dieser misslichen Situation? Na klar, mein lieber Menschenpapa Jochi- wer auch sonst. Also ganz ehrlich- wenn sie mich fragen- ich hätte diese Nervensäge da oben noch etwas zappeln gelassen.

Am folgenden Sonntag sind meine zwei lieben Mitbewohner morgens unterwegs. Sie treibt es heute mal wieder zum Flohmarkt in die Markthalle. Also ehrlich- das kann ich überhaupt nicht nachvollziehen. Das Haus quillt doch so schon über von alten Sachen. Wenn das so weitergeht mit der Sammelei, finde ich bald kein ruhiges Plätzchen mehr für mich. Dass sie sich danach den Bauch vollschlagen in den Prager Bierstuben in Dresden, findet dagegen schon eher mein Verständnis.

Verständnis habe ich auch dafür, als ich feststelle, dass mein ach so lieber Jochi in den folgenden Tagen dabei ist, das Haus auf Vordermann zu bringen. Oder anders ausgedrückt: er streicht, werkelt herum, führt einige Reparaturen aus- macht eben das, was so anfällt, wenn das Haus in die Jahre kommt. Mit einem Haus ist es eben genauso wie mit den Menschen: wenn erst einmal der erste Lack ab ist, muss man neu spachteln. Ach, übrigens ist das bei den Katzen nicht anders. Und ich begrüße diese Aktionen ausdrücklich, denn schließlich will ich ja auch in einem schmucken und behaglichen Häuschen wohnen. So kann ich mich auch genüsslich zurückziehen in meine Kuschelecken, während die Kinder aus der nächsten Nachbarschaft Jochi's schöne Eisenbahnanlage entdeckt haben und sich nun auch zunehmend in unserem Keller spielerisch tummeln.

41

Am 11. März tummeln sich Dagi und Jochi auch mal wieder herum- nein, nicht was sie jetzt denken. Sie sind eingeladen nach Dresden ins Penck-Hotel zu einem Reise-Vortrag von World-Insight. Nicht das erste Mal, dass sie an solch einer Veranstaltung teilnehmen sicher auch nicht das letzte Mal. Wenn es ihnen Spaß macht, dann ist das ja O.K. Ist aber nichts für mich- sie wissen ja, ich liebe die Bodenständigkeit.

Und dann holen Dagi und Jochi unser Wohnmobil wieder ab- ja, ich sage ganz bewusst „unser" Wohnmobil, denn schließlich bin ich ja ein Teil dieser Familie. Wie sie vielleicht noch in Erinnerung haben, hatte unser Wohnmobil im letzten Jahr in Kroatien eine unschöne Berührung im Heckbereich mit einem Wackerstein. Und zum Leidwesen meiner beiden Nomaden hat ihre Vertragswerkstatt es nicht geschafft, diesen Schaden zu beheben- oder wollte es einfach nicht. Also musste man sich anderweitig umsehen. Und es hat geklappt. Der Schaden ist behoben, das Wohnmobil strahlt im alten Glanz und Dagi und Jochi sind einfach nur erleichtert und glücklich. Ich natürlich irgendwie auch.

Am Abend des 15.3. bin ich wieder einmal alleine zu Hause. Denn meine umtriebigen Mitbewohner lösen das Weihnachtsgeschenk ein, das sie von Sarah und Karsten erhalten haben. Und mit den beiden verbringen sie im „Alten Schlachthof" in Dresden einen sehr beschwingten und lustigen Abend. Im Rahmen der jährlich hier stattfindenden Reihe „HumorZone" tritt „Suchtpotenzial"- auf- totaler derber Klamauk wird geboten für die Jugend und solche, die sich irgend- wie noch dazu zählen. Insoweit genau das Richtige für meine inzwischen nicht mehr so taufrischen Ex-Teenager.

Und ähnlich munter, vielleicht sogar noch ausschweifender geht es am nächsten Abend weiter. Dagmars Freundin Ellen und ihr Partner Steffen haben zu einer echt tollen gemeinsamen Geburtstagsparty eingeladen. Aber eben nicht nur zu einer tollen Party- sondern zu etwas wirklich Ausgefallenem: zurück geht es in die „70er-Jahre" des letzten Jahrhunderts, zu „Love and Peace" und all der mitreißenden Musik und des bunten Outfits dieser Zeit. Ich glaube, ich brauche ihnen nicht zu erklären, wie das bei meinen Leutchen einschlägt- diese Feier, diese Stimmung und diese Musik. Super, einfach nur super.

Und als sie dann in allerbester Partylaune tief in der Nacht nach Hause zurückkehren, habe ich auch meinen Spaß an dieser Geschichte. Denn nun kann ich genüsslich zusehen, wie sie ihre- durch das viele Tanzen verdrehten- Beine wieder versuchen, in ihre alte Form zu bringen. Ja, kann ich

44

da einfach nur schmunzelnd anmerken-
man ist halt keine 20 mehr und keineswegs
mehr so gelenkig wie damals -haha.

Einen vollen Tag lang herrscht dann eine
geradezu idyllische Ruhe in unseren vier
Wänden- meine lieben Mitbewohner sind
noch total gebeutelt von der extensiven
Reise in die 70iger Jahre- und ich erhole
mich von meinen Lachkrämpfen.

Aber mit der Ruhe ist es schon bald wieder
vorbei- war ja auch echt nicht anders zu
erwarten. Denn es geht erneut nach Sellin.
Wie ich ihnen inzwischen mehr als einmal
mitgeteilt habe, nervt mich diese ausgesprochen lange Autofahrt. Und dieses Mal
ist es noch schlimmer- durch Baustellen
und Staus zieht sich diese schreckliche
Anfahrt noch mehr in die Länge. Aber dann
ist das Ziel erreicht und ich bin total froh
und glücklich: wieder in Sellin! Meine
beiden Liebsten bekommen mich heute
kaum noch zu sehen- ich tobe draußen
rum, vergnüge mich mit meinem Katerchen,
der mich schon sehnlichst erwartet hat und
genieße einfach nur mein tolles Leben.

Für meine Menscheneltern ist dieser Trip allerdings eher ein Arbeitsurlaub. Während Jochi in den nun folgenden Tagen mit Renovierungsarbeiten in der Wohnung, am Balkon und an der Fassade beschäftigt ist, studiert Dagi die Unterlagen der Hausverwaltung. Sie muss die Buchprüfung vornehmen, denn die alljährliche Hauseigentümer-Versammlung steht an. Der eigentliche Grund für unsere Reise. Und einige der Hauseigentümer sind ja auch wirklich sehr nett, zum Beispiel, die, die gerade erst frisch eingezogen sind und uns abends besuchen kommen. Andere allerdings kann man irgendwie vergessen. Bitte entschuldigen sie, dass ich nicht die Worte wiedergebe, die Dagi und Jochi im Hinblick auf einige ihrer Miteigentümer verwenden, als sie am Freitag von der Eigentümerversammlung zurückkehren- eine solche Wortwahl würde ein liebes, kleines Kätzchen nie verwenden. Festzuhalten bleibt aber, dass es einige merkwürdige Mitbewohner auf dieser Anlage gibt, die meine- ansonsten so ausgewogenen und friedlichen- Mitbewohner- zur Weißglut bringen können. Ehrlich gesagt, dass so etwas möglich ist, wo die zwei doch schon so viel erlebt haben und so viele Menschen unterschiedlichster Art und Güte (Anmerkung meinerseits: von Jochi habe ich gelernt, dass dieser Ausdruck zum perfekten Juristendeutsch gehört) kennengelernt haben (müssen oder dürfen?), hätte ich nie zu glauben vermocht.

Aber egal- wir legen noch ein paar Tage die Beine hoch, genießen die Seeluft, Jochi und Dagi gehen noch einmal genussvoll in der Gartensparte essen- und dann geht es zurück nach Hartha am 24.3. Eine ruhige Rückfahrt- und ausnahmsweise meckere ich auch nicht rum- passiert eher selten, das gebe ich ja reumütig zu.

Und hier in Hartha verlaufen die folgenden Tage völlig ruhig und normal. Nein- tun sie nicht- ich muss insoweit ganz ernsthaft Protest einlegen. Weil, ja weil Dagi mich kurz vor Ostern in die kleine Katzenkiste packt und mich zum Tierarzt bringt. Dort werde ich unter Vollnarkose gesetzt und mir wird der Zahnstein entfernt. Soll angeblich gut sein für mein Wohlbefinden- aber

47

ehrlich, im Moment empfinde ich das nicht so. Und dementsprechend bin ich auch nicht gerade gut gelaunt und halte mich mit den gewünschten Liebesbezeugungen tunlichst zurück- denn ablecken will ich meine Quälgeister nicht- und zubeißen geht ja nicht- wegen des erfolgten Eingriffs in mein Gebiss.

Aber auch das geht vorbei- und ich bin ja auch nicht nachtragend. Und so gönne ich meinen lieben und um mich besorgten Mitbewohnern auch ihre Ostertage, die sie einerseits genüsslich in Ruhe zu Hause verbringen, andererseits aber auch beim Mittelalterspektakel auf Schloss Burgk in

Freital. Da geht es immer recht munter zu, und sie wissen ja, für derartige Dinge sind Dagi und Jochi immer zu gewinnen.

Soweit der Ostersonntag. Am Ostermontag allerdings herrscht wieder das totale Chaos im Haus: Tamika und Tessa fliegen ein mit ihren Eltern. Ostereiersuche ist angesagt- na klar. Aber dann geht es weiter mit den nicht wegzudenkenden Verkleidungskisten, der Eisenbahn im Keller, dem Nähstudio im Dach- wie schon gesagt, action total. Aber irgendwie kommen meine Menscheneltern damit blendend zurecht- im Gegensatz zu mir: ich verweile im Keller und verbleibe dort, bis der Spuk ein Ende hat.

Die ersehnte Ruhe ist dann allerdings nur von kurzer Dauer. Womit ich überhaupt nicht gerechnet habe- schon am folgenden Tag werde ich völlig überraschend in meine Tierpension gebracht. Gut und schön- ich bin dort ja schon bekannt und fühle mich auch wohl. Aber was soll das Ganze- wir sind doch gerade erst wieder richtig heimisch geworden?

Nein- meine Menscheneltern haben andere Pläne. Sie haben einen Kurzurlaub gebucht nach Breslau und Krakau- stand irgendwie schon längere Zeit auf ihrem Plan- nun also die Realität. Und irgendwie genießen sie diese Reise auch: erst Breslau. Kennen sie zwar schon, aber es gibt ja immer etwas Neues zu entdecken. Hier in Breslau ist Jochi`s Mama geboren worden und hat auch ihre ersten Lebensjahre hier verbracht. Das ehemalige Wohnhaus steht noch- wird also fotografiert und dann ein Foto an Jochi`s Schwester nach Hannover geschickt. Aber wichtiger ist doch die alte Stadt, das geschichtsträchtige Rathaus mit dem sehr schönen Marktplatz davor, der mittelalterliche Dom, vor allem aber die netten Kneipen. Hier kann man es sich mal gut gehen lassen.

Und dann geht es weiter nach Krakau- Neuland für meine beiden Kosmopoliten. Eine tolle Stadt- wie sie mir dann später berichten. Einerseits vollgepackt mit erhabener Kultur und Sehenswürdigkeiten, dann aber auch total aufgeschlossen und modern. Sie sind irgendwie überwältigt von dem Trubel, der dort herrscht und dem beschwingten und dem weltoffenen Treiben. Haben sie so irgendwie nicht erwartet- sind aber total begeistert. Sie haben Zeit und können sich alles ganz in Ruhe ansehen und das Flair dieser Stadt genießen. Tun sie offenbar auch ausgiebig.

Am Sonntag geht es mit dem Bus wieder zurück ins heimatliche Hartha- nicht ohne eine gehörige Wartezeit an der polnischen Grenze allerdings. Eigentlich sind die Grenzen in der EU ja offen für alle und die Grenzkontrollen gehören einer sehr fernen Vergangenheit an. Aber inzwischen hat die Vergangenheit die Gegenwart bereits wieder eingeholt. Ein Politikum, das ich nicht zu kommentieren vermag.

Ich jedenfalls werde am folgenden Montag wieder aus der Tierpension abgeholt- und für mich ist dies das Einzige, was zählt. An diesem Abend bekomme ich dann auch die Bilder des Kurzurlaubes zu sehen und das zu hören, was meine Leutchen so alles in den letzten Tagen erlebt haben. Am nächsten Tag ist dafür nämlich bereits keine Zeit mehr, weil das nächste Event anliegt: Dagi und Jochi sind abends im „Alten Schlachthof" in Dresden, wo sie seit langer Zeit mal wieder das „Zwingertrio" genießen- also alle drei Herren gemeinsam. „Ein Fest für Olaf Böhme", wird gegeben, eine Hommage an einen Dresdner Künstler, den meine Beiden früher selbst auch einige Male persönlich erlebt haben, der allerdings schon nicht mehr unter uns weilt. Lustig war der Abend aber allemal, bekomme ich später zu hören- trotz der etwas traurigen Erinnerung an den „betrunkenen Sachsen". Mit diesem Programm ist Olaf Böhme nämlich früher durch die Lande getingelt.

Danach allerdings kehrt für ein paar Tage tatsächlich so etwas wie Ruhe ein in unserem Haus. Jochi sitzt am Computer und bastelt mal wieder an einem Film herum- die 70iger Jahre-Feier hat ihm so gut gefallen, dass er das Ganze noch einmal in bewegten Bildern festhalten will. Ist ja auch wirklich lustig- das gebe ich gerne zu.

Am Wochenende geht es bei uns allerdings wieder recht munter zu. Jochi`s großer Sohn Henning kommt mit Peter und David zu Besuch. Sie können sich sicher vorstellen- in diesem Fall ist es um meine Ruhe geschehen. Und auch Dagi sucht erst einmal das Weite und fährt auf die Stoffmesse nach Dresden. Hilft ihr aber wenig, denn das Haus ist voll, weil auch die Mockritzer zu uns stoßen. So wird am Abend ausgiebig gefeiert, im Garten gegrillt, im Keller mit der Eisenbahn gespielt- selbst die Kinder aus der Nachbarschaft sind dabei. Ich gebe ja ehrlich zu, es geht lustig zu in unserem Haus. Aber ganz ehrlich und unter uns- irgendwie bin ich dann auch froh, als der Spuk abends sein Ende findet und auch ich wieder zur Ruhe komme. War aber doch recht nett- das Ganze- und gehört ja irgendwie auch dazu in eine turbulente Familie.

Am 14.4. brechen die Lüneburger schon recht früh wieder in Richtung Heimat auf. Meine Leutchen brechen auch auf, fahren nach Schloss Weesenstein zum Geschichtenfrühstück. Ihre Freundin Andrea hält einen ausgesprochen interessanten Vortrag über das hochherrschaftliche Leben im alten England- das wollen sich meine beiden Mitbewohner nicht entgehen lassen- obwohl ihnen der „Enkelstress" ganz ersichtlich noch in den Knochen steckt. Ha, ha- kann ich da nur sagen - selbst gemachter Stress- mein Bedauern hält sich in Grenzen. Aber das muss ich ja nicht öffentlich kund tun.

Sie könnten ja jetzt die Beine hochlegen und mal richtig entspannen. Tun sie aber nicht. Denn schon am nächsten Tag sind sie wieder unterwegs und besuchen in Dresden die „Monet-Ausstellung". Und das, ohne mich zu fragen- denn diese Ausstellung hätte mich auch sehr interessiert. Ich liebe impressionistische Malerei- die Wiedergabe der Natur entspricht durchaus meinem ausgeprägtem künstlerischen Wesen. Aber so ist es nun einmal- sie finden die Ausstellung einfach toll- und ich schaue in die Röhre- bzw. in den Ausstellungskatalog, den sie dann doch dankenswerterweise mitbringen.

Der Rest der Woche verläuft dann relativ ruhig- jedenfalls bei uns im Haus. Draußen nämlich ist es wirklich stürmisch und sehr unwirtlich- sogar ein wenig Schnee fällt noch. So kann ich Jochi zuschauen, wie er seine Filmprojekte so langsam zusammenbaut. Und auch Dagi ist wieder mit neuen Projekten beschäftigt- an der Nähmaschine. Und Tamika mischt dabei am Wochenende kräftig mit, weil die beiden Mädchen mal wieder bei uns nächtigen. Tessa hingegen zieht es vor, sich selbst und den Opa zu verkleiden. Das findet sie ausgesprochen lustig- ich übrigens auch, muss ich echt gestehen.

Was Dagi und Jochi am folgenden Montag in Freital machen, kann ich dagegen nicht so recht verstehen. Sie haben einen Termin- wie sie mir freudig erklären- in einem wunderschönen Wirtshaus in Freital. Dort soll im nächsten Jahr eine ganz große Sause stattfinden- Geburtstagsfete für die Beiden. Und diese Planung wird schon jetzt in Angriff genommen. Na dann- wenn sie meinen. Ich selbst ziehe es vor, mich auf das

Jetzt und Heute zu konzentrieren. Und solange es jetzt Schlagsahne gibt- und die gibt es tatsächlich- geht mir alles andere an meinem Bürzel vorbei. Soweit zu meiner Meinung.

Abwechslung kehrt am Freitagabend ein in unser Haus, als Andrea und Holger mal wieder zu Besuch kommen- liebe Freunde von meinen zweibeinigen Hausgefährten. An diesem Abend wird politisiert in unseren vier Wänden- eigentlich etwas, was hier normalerweise nicht unbedingt derart ausgeprägt erfolgt. Der Grund hierfür liegt allerdings auf der Hand- was ich so mitbe- komme, wenn ich meine Ohren spitze. Andrea ist nämlich politisch aktiv und derzeit noch erste Vizepräsidentin des Sächsischen Landtages- wird aber bei den Wahlen im Herbst nicht mehr antreten. Von daher gibt es einiges zu besprechen- eben über das, was derzeit so die politische Landschaft prägt und vor allem die Frage, wie es einmal weitergeht in unserem Freistaat und überhaupt in unserer so schönen Bundesrepublik. Das ist zum Teil

durchaus nicht uninteressant, was die Vier
da so miteinander bequatschen- selbst nicht
für so ein kleines Kätzchen, wie ich es bin.
Schließlich gehört ja auch das Tierwohl zu
den Zielen, die von der Politik verfolgt
werden- das wird jedenfalls gemeinhin so
behauptet.

Wie üblich wird am letzten Sonnabend im
April im Kurort Hartha ein sogenanntes
„Hexenfeuer" angezündet. Darf man das
eigentlich noch sagen in dieser Zeit? Ich
habe da so meine dumpfen Zweifel, weiß es
aber nicht genau- ist aber auch egal, denn
es ist einfach so: man trifft sich dort zum
Plaudern und Trinken. So halten es auch
Dagi und Jochi, trinken ihren Glühwein an
diesem Abend gemeinsam mit Freunden
beim flackernden Licht des Feuers und
spazieren am Sonntagmorgen mal wieder
zum Imbiß nach Spechtshausen, um dort
genussvoll zu speisen- Glühwein natürlich
auch hier inbegriffen.

Der Übergang vom 30. April auf den 1. Mai,
gemeinhin auch Walpurgisnacht genannt,
vollzieht sich bei uns absolut ruhig und

friedvoll. Dagi lässt ihren Besen in der Garage stehen und fliegt nicht mit auf den Brocken, wie es in dieser Nacht bei Hexen so üblich ist (Anmerkung: kleiner Scherz von mir- Dagi ist natürlich keine Hexe …falls doch, ist mir das irgendwie entgangen. Ich schlafe allerdings auch die meiste Zeit), Jochi schimpft mal wieder mit seinem Computer, der nicht so will, wie er es will (Weitere Anmerkung: ich kann den Computer gut verstehen. Mir geht es ja nicht anders, wenn zu viel von einem verlangt wird). Beide zusammen betätigen sich ausgiebig im Garten und bringen diesen auf „Vordermann", wie man so schön zu sagen pflegt (Letzte Anmerkung: das finde ich prima, denn so habe ich meine Ruhe vor den Beiden).

Abwechslung finden derzeit meine beiden frühjahrsmüden Mitschläfer mehr oder weniger nur beim Tanzen: zu Hause in den eigenen vier Wänden, jeden Donnerstag bei ihrem Tanzkreis oder nun auch mal wieder am Sonnabend bei einem zusätzlichen Übungsabend. Ganz ehrlich- liebe Freunde-

so recht verstehen kann ich das nicht, was die Beiden damit bezwecken. Eines dürfte doch nun wirklich feststehen: Blumentöpfe können sie mit ihren Verrenkungen nicht mehr gewinnen. Aber Spaß beiseite- sie haben Spaß daran- also alles paletti.

Und dann steht mal wieder Sellin auf dem Programm. Ich habe den Eindruck, diese Entscheidung ist spontan gefallen und nicht lange geplant gewesen. Denn ohne jede Ankündigung werden plötzlich die Sachen gepackt, im Auto verstaut und ich dazu, ohne dass ich Zeit hätte, meinen Unmut zu artikulieren. Ist auch gut so, denn bevor ich mich innerlich auf die Situation einstellen kann, sind wir schon auf der Insel. Hat gut geklappt heute. Ich bin happy, meine Leutchen auch.

Allerdings- einen kleinen Haken hat diese Sellinfahrt dann doch: die Häuser in der Wohnanlage bekommen gerade neue Dächer. Sieht einerseits schön aus, anderer-seits aber ist das Gelände praktisch eine Baustelle, überall wuseln die Handwerker herum. Mit anderen Worten: ich bin auf die vier Wände unserer Wohnung beschränkt, meinem Bewegungsprofil sind mithin enge Grenzen gesetzt. Und das ärgert mich dann doch irgendwie- ist doch zu verstehen-oder?

Und dann passiert noch etwas, mit dem ich überhaupt nicht gerechnet habe. Am 8. Mai stoßen nämlich noch Steffi und Christoph mit Emilia und Theresa zu uns, wir sind also zu sechst in der Wohnung- pardon sieben natürlich, vor lauter Aufregung habe ich mich fast vergessen. Ist aber auch egal, ich lasse mich in den folgenden Tagen ohnehin kaum blicken, verbringe die meiste Zeit ohnehin unter dem Bett im unteren Schlafzimmer.

Nicht genug damit- am Himmelfahrtstag treffen auch noch Edi, Henning, David und Peter ein. Also ist echtes Familientreffen angesagt. Und das findet dann auch so richtig statt. Der ganze Trupp unternimmt Ausflüge auf der Insel (das sind dann die Momente, an denen ich mal unter dem Bett hervorkomme und meine Beine ausstrecken kann),sie gehen gemeinsam im Inselfrieden essen- man wird noch lange davon sprechen. Und man vergnügt sich bei schönstem Wetter gemeinsam auf unserem See- mit „Stand-up-paddling", rumtoben und anderen Späßen.

Naja- ehrlich gesagt- so groß ist das Haus dann doch wieder nicht, um die ganze Familientruppe angemessen beherbergen zu können. So tobt sich Christoph und seine Familie zwar richtig aus an diesem Tag- abends aber geht es wieder zurück in Richtung Sasel. Und auch der andere Teil der Familie hat sich ausgetobt und ist kaputt. Wie schön für mich, denn jetzt ist meine Zeit gekommen und ich kann das Haus ganz in Ruhe verlassen und noch ein Weilchen mit meinem geliebten Katerchen von nebenan verbringen.

Die nächsten Tage sind dann auch noch ein wenig umtriebig. Unser Besuch ist munter und möchte viel sehen. So sind Dagi und Jochi mit Henning und seiner Familie unterwegs auf der Insel und schauen sich so einiges an. Und am 11. Mai findet sogar in Sellin noch eine Oldtimer-Rallye statt. Die beiden Jungs sind natürlich von den alten Autos hin- und hergerissen.

Für uns war es das dann aber auch schon. Während die Lüneburger noch ein paar Tage auf der Insel verbringen und die frische Seeluft genießen, brechen wir bereits am Sonnabendnachmittag schon wieder auf in Richtung Heimat. Und am Abend erreichen wir nach einer sehr ruhigen und auch ungewohnt störungsfreien Rückfahrt wieder Hartha. Mir kann das nur recht sein- die letzten Tage waren für mich als kleines Kätzchen doch außergewöhnlich turbulent. So viel pralles Leben in der Bude bin ich auf meine alten Tage nicht mehr gewohnt. Mag sein, dass es früher einmal anders war. Aber da war ich auch jung, neugierig und wissbegierig. Das hat sich im Laufe der Jahre gelegt. Nun aber bin ich in einem Alter angekommen, in dem ich weiß, was man wissen muss. Mehr muss nicht sein.

Schön ist es, wieder zu Hause zu sein. Und ruhig- Mango und Rosi verschonen mich, so dass ich mich draußen in der Sonne auf dem Rasen räkeln kann und dabei Jochi beobachten kann, der wie immer im Garten rumwuselt. Irgendwann in den nächsten Tagen wird dann abends auch der Grill aufgebaut, woraus ich schließe, dass wir Besuch erwarten. Der trifft dann tatsächlich auch ein: Eva und Wolfgang, Diana und Guntram- ganz liebe Freunde von Dagi und Jochi. Alle sechs verbindet eine gemeinsame große Liebe. Na- was mag das wohl sein? Richtig- es ist die Liebe zum Wohnmobil und die Liebe, mit so einem Gefährt auf große Reise zu gehen und neue Länder zu erkunden. Ich gehe einmal davon aus, dass es echt müßig ist, ihnen nun im Einzelnen zu schildern, worüber sich die Camping-freunde an diesem munteren Abend aus-tauschen: natürlich- über weite Reisen, ferne Länder und die dort gesammelten guten und wohl auch schlechten Erfahrungen. Ich spitze meine Ohren, lausche amüsiert ihren Erzählungen. Aber ganz ehrlich: meine Welt ist das nicht- ich brauche das nicht. Aber jedem Tierchen sein Pläsierchen- das ist ja das wirklich Schöne in unserer Welt (auch wenn ich es nicht besonders erbaulich finde, wenn Rosi ihr Pläsierchen darin findet, mich zu ärgern).

Eine schöne Zeit in diesen Tagen, vor allem eine sehr ruhige. Ich spüre allerdings, dass meine Menscheneltern in der nächsten Zeit irgendetwas vorhaben. Sie wirken irgendwie ein wenig hektisch, sitzen vor Landkarten und Reiseführern, und auch die Koffer-also die nicht ganz kleinen- werden mal wieder aus der Butze geholt. Ansonsten aber wirkt alles ganz normal. Die Beiden fahren nach Großsedlitz in den Barockgarten, wo die holländische Dixielandgruppe „Lamarotte" aufritt- praktisch alte Bekannte von meinen quirligen Zweibeinern. „Hundert mal schon geseh`n- immer war`s wieder schön", oder so ähnlich.

Was aber passiert dann? Eigentlich das, was immer im Leben passiert, wenn man denkt, es ist alles in Ordnung. Nein- ist es nicht- es kommt anders, als man denkt. In diesem Fall- anders als ich denke.

Denn kaum kommen meine Dixie -Fans aus Großsedlitz zurück, werde ich schon wieder in meine Transportbox verfrachtet und in die Tierpension nach Taubenheim gebracht. Ich sehe ja ein, das ist nicht unbedingt das Schlechteste, was einem passieren kann als Katze. Aber gerechnet habe ich damit in diesen Tagen wirklich nicht. Ich bin also mal wieder in Taubenheim. Und Dagi und Jochi? Was machen die? Die sind auf großer Reise, ohne sich mit mir vorher besprochen und um Erlaubnis gefragt zu haben.

Also- was machen die Beiden? Wie immer bekomme ich das später mitgeteilt, muss mir ihre Reiseberichte anhören, die Urlaubs- fotos anschauen und den obligatorischen Film- den Jochi wie üblich zusammenstellt- über mich ergehen lassen. Aber kurz gesagt- sie haben -ohne mich vorher zu fragen- eine Reise gebucht: Skandinaviens Haupt- städte in einer Woche. Eine tolle Reise mit vielen interessanten Eindrücken.

Los geht die Reise am Pfingstsonntag vom Flughafen BER in Berlin-aus- und zwar erst am Abend, was etwas nervig ist. Stockholm wird gegen 23 Uhr erreicht- das Hotel etwa eine Stunde später. Um ein Uhr liegen dann meine zwei gestressten Weltenbummler im Bett, werden aber um 6 Uhr schon wieder geweckt: denn das Programm ruft- und das hat noch so einiges vor mit meinen zwei Herumtreibern.

Und das Programm ist umfangreich, aber auch sehr interessant.

Als erstes stehen natürlich in Stockholm die Stadtbesichtigung und eine echt instruktive Stadtrundfahrt an. Anschließend folgen die Besichtigungen von Schloss Gripsholm und Schloss Drottnigsholm- und abends landet man dann recht erschöpft in Karlsstadt.

Weiter geht es am nächsten Tag-aufstehen wieder vor 6 Uhr- mit der Fahrt über die Grenze nach Norwegen. Oslo ist eine sehr sehenswerte Stadt- und dann gibt es dort ja auch noch den Holmenkollen. Also hinauf

auf den Berg, die riesige Skisprungschanze bewundern und den überragenden Blick genießen, den man von hier oben hat auf die Stadt und den Fjord.

Nach ausführlicher Besichtigungstour geht es am gleichen Tag wieder zurück nach Schweden. Ziel ist Trollhättan, wo man heute nächtigt. Auch der Folgetag ist vollgepackt mit sehr interessanten Eindrücken. Zuerst ist Göteborg an der Reihe, dann geht es weiter nach Helsingborg, wo man mit der Fähre übersetzt nach Dänemark. Und dort wartet bereits das durch Shakespeares

Hamlet bekannt und berühmt gewordene Schloss Kronborg auf eine Besichtigung.

Was wäre Dänemark ohne Kopenhagen? Eben- nur trostlos. Deshalb geht es am nächsten Tag schon früh wieder los und Dänemarks Hauptstadt wird ausgiebig in Augenschein genommen- natürlich auch die kleine Seejungfrau, ohne die hier gar nichts abgeht. Es folgt ein Abstecher zu den dänischen Königsgräbern nach Roskilde, was auch sehr interessant ist. Also in der Tat ein volles Programm- aber das sagte ich ja bereits. Der Tag klingt dann wieder aus in Schweden, denn abends fährt man zurück über die Sundbrücke nach Malmö.

Es folgt ein neuer Tag, es folgen neue und sehr interessante Eindrücke. Zum Beispiel die Stadt Karlskrona mit der imposanten Festung und dem keineswegs weniger interessanten Marinemuseum, das sehr ausgiebig in Augenschein genommen wird.

Es wird tatsächlich auch viel geboten hier.

Und zum Abschluss des Tages folgt dann auch noch ein Besuch auf einer Elchfarm- bekommt man ja auch nicht alle Tage zu sehen.

So langsam geht es dann aber schon wieder in Richtung Stockholm. Am Göta-Kanal wird noch einmal Halt gemacht und das imposante Schleusensystem bewundert. In der Nähe gibt es einen Friedhof, auf dem Greta Garbo begraben ist- auch dort schaut man noch vorbei. Aber dann ist auch dieser Urlaub schon wieder Geschichte- eine sehr interessante Reise, die allerdings auch durchaus gefordert hat. Also- das sage ich einfach mal so. Ich war ja- wieder einmal- nicht dabei und bin deshalb auf die Berichte und Fotos meiner ach so lieben und schnöden reiselustigen Mitbewohner angewiesen.

Der Rückflug erfolgt abends am Sonntag, dem 26. Mai- und- oh, welch Wunder- Dagi und Jochi haben mich trotz all dieser geschilderten Erlebnisse nicht vergessen- bereits am nächsten Tag endet auch mein (nicht von mit gebuchter) Urlaub in der Tierpension in Taubenheim. (Ganz unter uns-ich habe mal im Tagebuch von Jochi geschnüffelt und nachgelesen, was er so notiert hat über mich und meine Rückkehr aus meinem unfreiwilligen Exil- „sichtlich glücklich" sei ich, schreibt er, der Gute. Wie schön, wenn man noch Gefühle für mich zeigt- nun aber weiter).

Weiter bedeutet- erst einmal Alltag im Haus. Der Garten will gepflegt werden. Zu dieser Jahreszeit wuchert nämlich das Grünzeug sehr schnell- und wenn man eine Woche weg ist, ist man erst auch einmal gefordert. Dann das Übliche- Dagi sitzt am Fotobuch, Jochi am Urlaubsfilm- zeitnah soll alles auf Celluloid gebannt werden- haha- wir leben nicht mehr im 20. Jahrhundert, heute wird alles digitalisiert- oder wie das so heißt.

Etwas beunruhigt mich allerdings in diesen Tagen. Dagi kämpft stark mit ihrem rechten Knie. Hat sie sich zu viel zugemutet im Urlaub oder bei den Tanzabenden? Ich werde ein wachsames Auge darauf halten- eine muss ja die Augen offen halten in diesem Haus.

Weiter geht es: der liebe Karsten hat vor Kurzem seinen 40igsten Geburtstag gefeiert. Er lädt ein zu einer kleinen Nachfeier nach

Dresden in eine Tapas-Bar. Ein netter Abend, wie Dagi und Jochi mir nach ihrer Rückkehr berichten. Tapas hin oder her- ich habe meine Schlagsahne- und das ist auch gut so.

Der Alltag kann so schön sein, vor allem auch, wenn meine Menscheneltern es ganz gelassen angehen lassen. Und das ist im Moment der Fall- jeder macht im Haus das, was ihm Spaß macht- auch Tessa ist mal wieder dabei und hat ihre Freude in diesem irgendwie doch verrückten Haushalt.

Aber zu unserem ganz normalen Alltag gehört nun einmal auch- wir haben zwei Haushalte, völlig verrückt- ist aber so. Und diese Haushalte haben ein besonderes Problem- sie liegen 530 Kilometer voneinander entfernt. Sie wissen, wovon ich spreche: Sellin. Am 8. Juni geht es wieder einmal an die Küste- habe ich irgendwie vermisst und bin daher völlig entspannt. Aber die Frage stelle ich mir doch- warum gibt es kein schnelleres Transportmittel als das Auto, um mich auf die Insel zu bringen? Tele-Porting oder Beaming?- Die

Menschen sind doch sonst so schlau- oder tun so, als wenn sie schlau wären. Es bleibt also wieder nur die höchst profane Fahrt mit dem Auto. Aber irgendwie überstehe ich das ja auch, nun auch mit einer neuen und sehr komfortablen Transportbox.

Und jetzt muss ich ihnen mal etwas ganz lustiges erzählen: am Sonntag dem 9.Juni wird in Sellin gewählt- der Bürgermeister, der Ortschaftsrat und der Kreistag. Meine beiden Selliner Mitbürger folgen natürlich dem Wahlaufruf und erfüllen dann auch ganz selbstverständlich ihre demokratische Bürgerpflicht. Was und wen sie wählen, weiß ich natürlich nicht. Sie wohl auch nicht- sie kennen ja niemanden von den Gestalten, die auf dem Wahlzettel stehen. Das hat man davon, wenn man zwei Wohnsitze hat- ich habe diese Probleme nicht- ich habe mein geliebtes Katerchen- und dem würde ich auch meine Stimme geben, wenn er denn kandidieren würde.

Meine Menscheneltern bekommen Besuch- am Montag trifft ihre liebe Freundin Karin ein, mit der sie- und ich natürlich auchdie nächsten Tage verbringen werden. Sehr entspannte Tage- denn Karin ist sehr nett und lieb zu mir- so mag ich das. Und ganz besonders mag ich es, wenn Karin mit Dagi und Jochi in der Stube sitzen und Filme ansehen-Lara Filme natürlich. Aber abgesehen davon unternehmen die drei auch einiges, soweit das bei dem ziemlich miesen Wetter möglich ist.

Mies ist dann auch wieder die Rückfahrt am 12.Juni nach Dresden. Die Rügenbrücke ist dicht, der Autobahnzubringer zum Teil auch und im Berliner Ring protestieren ein paar Tesla-Gegner. Spät erst sind wir wieder zu Hause. Mir reicht es für heute. Und auch am nächsten Tag bin ich ziemlich bedient- die Wohnzimmertür steht offen und das nutzt mein Nachbarkater Mango aus, schleicht sich ins Haus und machte es sich hier bequem. Vielen Dank auch- so haben wir nicht gewettet.

Meine Menscheneltern sehen dies allerdings sehr gelassen, wie sie überhaupt in diesen Tagen gelassen und recht entspannt wirken. Tanzen steht auch auf dem Programm- und zwar die sogenannten „Weißen Nächte" in ihrer Tanzschule. Da muss man natürlich dabei sei- Pflichtprogramm für Profis, wie meine Beiden das sind- haha.

Kaum aufgewacht nach der durchtanzten Nacht, schwirren die Mockritzer ins Haus- nur zum Verständnis- das sind Karsten, Sarah, Tamika und Tessa. Auch wenn es ein paar wichtige Dinge zu besprechen gibt, für Trubel ist dennoch gesorgt.

Sie schwirren am Nachmittag wieder ab und ich kann mich nach diesem Stress genüsslich ins Bett legen- Dagi und Jochi allerdings nicht. Auf sie wartet nämlich noch ein sehr netter und ausgefüllter Abend. Denn bei ihren lieben Freunden Bettina und Hartmut findet mal wieder das Rhododendronfest statt- etwas später als sonst im Jahr- aber genauso toll und munter wie immer. Mit tollen Gästen, toller Stimmung, tollem Ambiente- ein Event, von dem meine beiden munteren Mitstreiter jedes Jahr aufs Neue begeistert sind und dementsprechend gut gelaunt spät in der Nacht beschwingt zurückkehren.

Danach ist erst einmal Pause- aber nur für einen Tag. Denn jetzt wird es ernst, wie ich zu meiner Beunruhigung feststellen muss. Das Wohnmobil steht plötzlich wieder vor der Tür, wird geputzt und eingeräumt. Kein gutes Zeichen- ich bin ein wenig beängstigt. Soll ich schon wieder unfreiwillig Urlaub machen? Aber erst einmal passiert nichts. Jochi wirbelt wie gewohnt im Garten rum, Dagi schneidert, das Wohnmobil schläft. Also muss ich mir keine Sorgen machen- es passiert nichts. Es passiert doch etwas, ich habe es befürchtet. Nein, Furcht habe ich nicht- ich habe es eigentlich erwartet. Meine beiden Mitbewohner sind nun einmal umtriebige Menschen, die es nicht auf ihren Sesseln hält. Sie sind unstet, wollen hinaus in die Welt, wollen etwas unternehmen und sehen. So sind sie- und anders kenne ich sie nicht. So habe ich sie kennen und lieben gelernt- und so muss ich sie dann letztlich auch ertragen. Und das heißt im Klartext: Urlaub für meine Zweibeiner und Urlaub für mich in Taubenheim. Allerdings sehr viel kürzer als geplant und vorgesehen- aber dazu später.

Doch bevor sie ihre Reise beginnen, treffen

sie sich noch einmal mit Annett und Diana in Dippoldiswalde zum Mittagessen. Das ist immer sehr nett, sehr locker und auch sehr instruktiv- so erfährt man das eine oder andere- vor allem aus dem Gericht.

Am 21. Juni beginnt mein Urlaub im Tier-paradies in Taubenheim. Einen Tag später brechen dann Dagi und Jochi mit ihrer großen vierrädrigen Reisekiste auf in ihren Sommerurlaub. Und der beginnt.... bei Steffi und Christoph in Hamburg. Beide haben vor wenigen Tagen ihren 40igsten Geburts-tag feiern dürfen. Nein- sie sind 40 Jahre alt geworden. Gefeiert wird heute - und zwar in ganz großem Rahmen, ausgelassen und ausgiebig in Hamburg-Volksdorf. Es ist so richtig etwas los, über 100 Gäste sind dabei. Also eine richtig tolle Feier, die meine Leutchen auch in vollen Zügen genießen- ist ja auch alles prima geregelt: sie müssen später nicht mehr nach Hause fahren- ihr Zuhause steht vor der Tür.

Und mit dem geht es dann am kommenden Morgen auf Tour- erste Station ist Xanten. Hier wollten die Beiden die alten römischen

Ausgrabungen besichtigen, was sich aber letztlich nicht realisieren lässt- insofern ist Xanten keine Reise wert. So die Auffassung meiner beiden Camper.

Ganz anders Brügge:

Dort schlagen sie nämlich am Folgetag auf- nach einer ziemlich nervigen Fahrt auf vollen Straßen. Aber sie werden belohnt: Brügge ist eine Reise wert. Eine tolle, lebenslustige und lebendige Stadt, in der Tradition und Geschichte einträchtig mit der Gegenwart verbunden sind. Dagi und Jochi genießen das, schlemmen fürstlich,

schippern mit dem Boot durch die Kanäle und shoppen genussvoll- so kann man den Urlaub genießen.

Aber das ist ja erst der Beginn. Weiter geht es- an Dünkirchen, Oostende und Calais vorbei- schließlich landen die Zwei am Wattenmeer in Le Crotoy.

Hier wird erst einmal ausgespannt- und zwar so richtig. Etwas wandern durch die Dünen und das Watt, Krebse und Muscheln beobachten und selbst am Abend Muscheln in sich hineinschaufeln- das hat schon etwas- von Urlaub, Strand und Meer.

Aber mehr ist dann doch nicht. Dagi`s Knie will nicht so, wie sie es will. Und so treffen meine beiden Weltenbummler nach langem und reiflichem Überlegen die Entscheidung: wir brechen den Urlaub ab- es geht nicht, es hat einfach keinen Zweck. Mont St. Michelle muss warten und die geplanten anderen vorgenommenen Ziele ebenfalls. Alles war so schön geplant- aber die Gesundheit geht nun einmal vor.

Ja, liebe Freunde- manchmal kommt es eben anders, als man denkt und plant. Dagi und Jochi kehren um, fahren noch an Amiens vorbei, an Lüttich und Mons und landen am Abend in der Eifel- war so nicht vorgesehen. Und von dort aus geht es dann am 29..Juni geradewegs zurück- nämlich nach Hause, allerdings nicht ohne noch einen kurzen Halt in Bonn einzulegen und ein wenig diese Stadt zu erkunden.

Der folgende Sonntag ist Ruhetag- im wahrsten Sinne des Wortes. Und am Montag bin ich wieder zu Hause. Wie ich oben schon angemerkt habe- völlig überraschend und viel zu früh. Ich hatte mich auf einen längeren Urlaub in meiner Tierpension eingestellt und schon einige sehr nette Freundschaften geschlossen. Aber seien wir ganz ehrlich- die intensivste und allerbeste Freundschaft pflege ich natürlich mit meinen lieben Menscheneltern. Und deshalb zeige ich ihnen das auch, als ich wieder zu Hause bin- kuschele und schmuse um ihre Beine- und tröste sie. Die Beiden nämlich hat der Urlaubsabbruch ganz sichtlich mehr getroffen als mich. Und für den Trost dieses verlorenen Urlaubs bin ich jetzt nun einmal zuständig. Ehrlich- ist schon sehr bemerkenswert, wofür die Hauskatzen alles herhalten müssen. So bin ich nun einmal- einfach süß und hilfsbereit. Und deshalb kann ich meiner Menschenmama auch frohen Mutes verkünden:

„Statt rumzureisen in der Normandie- kümmere ich mich jetzt um dein krankes Knie." Absender-Lara die Fürsorgliche.

Naja- alleine bin ich natürlich für Dagi`s Knie nicht verantwortlich. Sie tut das, was angebracht ist, geht zum Arzt und beginnt dann auch in den nächsten Tagen mit der

Physiotherapie. Und was macht Jochi so nach dem abgebrochenen Urlaub? Na klar - einen gleichfalls abgebrochenen Urlaubs- film zusammenzubasteln. Andere Termine stehen derzeit nicht an - wie auch, war ja alles einmal anders geplant.

Aber das Leben geht natürlich weiter - und meine Menscheneltern sind keine Kinder von Traurigkeit. Sie tauchen sofort wieder ein ins pralle Leben - alles andere hätte mich auch überrascht. Das Wetter ist zur Zeit ausgesprochen schön und der Garten ruft - ich lasse ihn rufen und schaue zu, wie Dagi und Jochi rumwuseln, um alles ins rechte Licht zu rücken.

Am 11. Juli sind die Beiden unterwegs in der Lausitz. Zum einen ein netter Ausflug in diesen herrlichen Sommertagen. Das Wetter ist schön - und so kann man ganz in Ruhe sich so einiges ansehen - in den alten Braunkohlerevieren, wo die großen Bagger stehen - heute als Museumsstücke. Oder in den kleinen Städtchen wie Leuba oder Ostritz, zu denen mein lieber Jochi doch noch irgendwie familiäre Verbundenheit fühlt. Kein Wunder, seine Familie aus der väterlichen Linie war- oder ist ja auch noch hier zu Hause.

Deshalb gibt es zum anderen auch einen besonderen Anlass: Jochi hat sich nämlich mit seinem Großcousin Siegfried in Leuba verabredet, der alte Familiendokumente herausgekramt hat. Diese werden nun abgeholt. Dokumente der „Thomas-Familie" aus dem Jahr 1925 und später. Toll! Ich weiß, dass mein lieber Menschenpapa für so etwas zu haben ist-alte Familientradition, Familiengeschichte und Chronik. Er jedenfalls ist hoch erfreut und glücklich-

und ich profitiere davon, bekomme vor lauter Glück eine Extraportion Schlagsahne. So etwas ist dann doch eine echte win-win-Situation- kann man sich dran gewöhnen.

In den nächsten Tagen sichtet Jochi erst einmal in absoluter Ruhe das erhaltene Material- und ist begeistert. Vor allem das tolle Gedicht zur Hochzeit von seinem Groß-vater und seiner Oma Liddy findet er sehr berührend- auch seine Schwester hat den zweiten Vornamen Liddy erhalten- ist aber weit davon entfernt, bei ihm Begeisterungs-stürme zu entfachen. Aber lassen wir das, denn inzwischen habe ich ein Problem. Der freche Mango ist nämlich bei uns ins Haus eingedrungen und hat sich hier breit und fett gemacht. So geht es gar nicht- und Jochi gibt dies dem Eindringling auch klar zu verstehen. Man hat es nicht leicht als arme kleine Katze- aber man hat ja zum Glück seine Beschützer, auf die man bauen kann.

Und dann steht für meine beiden munteren Mitbewohner mal wieder ein Besuch bei ihren lieben Freunden Andrea und Thomas in Zinnwald an. Die Beiden besitzen das im Osterzgebirge, was wir auf der schönen Insel Rügen haben- allerdings bedeutend näher und ohne lange Autofahrt zu erreichen: einen wunderschönen und ausgesprochen gemütlichen Rückzugsort vom Alltagsstress. Hier also trifft man sich, sitzt mehrere Stunden zusammen, führt anregende und nette Gespräche und labt sich an Kaffee und Kuchen und anderen Köstlichkeiten. Spät abends kehren Dagi und Jochi beschwingt zurück- ein schöner Tag für sie. Aber auch für mich- ich habe es mir im Haus gemütlich gemacht- völlig ungestört. Meine lieben Freunde aus der Nachbarschaft haben sich nämlich nicht sehen lassen.

Ja, liebe Freundinnen und Freunde. Wir stecken mitten im Hochsommer- und da muss man nicht unbedingt vor Aktivitäten nur so sprudeln. Tun wir auch nicht- was bei uns im Moment ist das Sprudelwasser. Haha-kleiner Scherz von mir. Denn mit Sprudelwasser kannst du meinen Jochi nicht begeistern- Dagi auch nicht. Wohl aber mit einem gut gekühlten Fläschchen

Wein. Und das gönnen sich die Beiden in diesen Hochsommertagen- also nicht nur ein Fläschchen Wein. Sie genießen die Tage in der Hollywood-Schaukel und lassen es sich einfach nur gut gehen. Ich liege daneben und kann nicht behaupten, dass es mir schlecht geht. Das Leben kann so schön sein- man muss es nur zu nehmen wissen. Wir können das.

Und wir haben ja auch tierische Freunde, die mit uns gemeinsam diese herrlichen Tage verbringen. Ich spreche jetzt nicht von Rosi und Mango- die beiden Quälgeister können mir gestohlen bleiben. Aber in unserem Teich tummeln sich munter ein paar Goldfische. Und mit einer ganz lieben und großen Kröte habe ich mich auch angefreundet- wir singen jetzt jeden Abend gemeinsam im Duett- hahaha!

In Tharandt gibt es im Burgkeller einen neuen Pächter. Es war schon immer sehr nett, dort oben vor der alten Burgruine auf der Terrasse zu sitzen und zu schlemmen. Jetzt wollen Dagi und Jochi testen, ob der neue Betreiben mithalten kann. Ja, meinen die Beiden, nachdem sie dort oben einen Testversuch unternommen haben, das kann

er zweifellos. Das Essen ist absolute Spitze-
und das Ambiente ohnehin.

Und dann herrscht bei uns mal wieder
Trubel im Haus- Tamika und Tessa rücken
ein. Nicht, dass sie mich falsch verstehen-
ich habe die Beiden wirklich lieb und finde
es auch ganz toll, wenn sie sich bei uns
wohlfühlen. Aber ich betrachte das ganze
muntere Treiben doch lieber aus einem
gewissen Abstand- so bin ich nun einmal.

Also- zunächst einmal fährt man gemeinsam in die Eisdiele in Tharandt. So gestärkt
kann man dann die Verkleidungskisten

durchgehen und sich ein entsprechendes
Outfit aussuchen. Und dann gibt es ja auch
noch die „Nähoma", mit der man munter
neue Kleidungsstücke zaubern kann.

Und der Sonntagmorgen gehört dann ganz
selbstverständlich wieder dem Tierpark in
Höckendorf. Ich reiche ihnen nicht- sie
wollen die Kaninchen streicheln, die Ziegen
und Lamas und alles, was sich auf diesem
Gelände sonst noch so rumtreibt an zwei-
und vierbeinigen Geschöpfen. Ich war noch
nicht dort, kenne also alles nur vom Hören-
sagen und kann nicht mitsprechen. Aber

ganz ehrlich: mich zieht es dort auch nicht hin. Die Tiere, die hier in meinem unmittelbaren Umfeld herumwuseln, reichen mir. Mehr brauche ich nicht- basta!

Kein Wunder, dass meine beiden lieben Mitbewohner es nach diesem Wochenende erst einmal wieder ein wenig ruhiger angehen lassen. Stimmt auch nicht ganz- denn sie sind umfangreich mit Hausputz beschäftigt. Also Fenster putzen, wischen, Staub saugen usw.- die volle Palette. Und der Garten verlangt ja auch nach seinem Recht. Das Grünzeug wächst rasant, muss also auch irgendwie im Zaum gehalten werden. Ich sehe das alles sehr gelassen. Wer so blöd ist, sich eine- oder sogar mehrere- Immobilien zuzulegen, muss dann auch die Konsequenzen in Kauf nehmen. Aber mit derartigen Äußerungen halte ich mich tunlichst zurück. Schließlich profitiere ich ja von allem- und das möchte ich dann doch nicht aufs Spiel setzen.

Liebe Freunde- inzwischen kennt ihr meine beiden zweibeinigen Mitbewohner und den ganz normalen Lebensrhythmus bei ihnen. Da dürfte es niemanden verwundern, wenn ich jetzt sage, dass diese relative Ruhephase schon bald wieder vorbei ist.

Am Freitagabend kommen dann Claudia und Markus zu Besuch. Kennt ihr ja sicher- die Zwei - ich habe ja schon oben von ihnen gesprochen und von dem tollen Abend in Weißig- nun also sind sie hier -und es wird ein netter und lustiger Abend in Hartha.

Helmut, der Freund meiner beiden Haus- genossen aus dem Haus von gegenüber feiert einen Tag später Geburtstag. Wie üblich- man trifft sich bereits am Morgen im Garten und stößt auf das Wohl und auch die Gesundheit an. Ist echt lustig- und entsprechend angeheitert treffen meine Leutchen wieder bei mir ein, legen die Beine hoch und spannen ein wenig aus. Denn am Abend geht es wieder los - und zwar ins Erzgebirge nach Frauenstein, wo sie mit Marion und Jürgen einen open-air - Abend an der Burgruine verbringen. „Musik und Show an der Burg"- echt toll. Leider spielt der Wettergott nicht so mit, wie er sollte. So ist das Leben- es gibt immer einen, auf den man sich nicht verlassen kann.

Aber das Programm ist interessant und sehr lustig. Viel Musik wird geboten- so richtig fetzig. Eine Feuershow und selbst Schlangen spielen auch eine Rolle. Sehr lustig- so stellt mein Menschenpapa dabei nämlich fest, dass diese Schlangentänzerin bereits an seinem 50igsten Geburtstag bei ihm auf dem Hartheberg eine Vorstellung gegeben hat (also vor Urzeiten). Bei soviel dargebotener „action" nimmt man gerne auch mal ein paar Regentropfen in Kauf.

Auch in den folgenden Tagen regnet es mehr als heftig. Hat auch etwas für sich- ich muss nicht rausgehen, kann mich unter die

Couch legen und den Regentropfen zusehen. Jochi liegt auf der Couch und sieht den Sportlern zu, die sich momentan bei den Olympischen Spielen in Paris abmühen. Und Dagi ? Was macht die derweil? Sie schaut intensiv auf ihre Nähmaschine, die wieder wie von selbst schmucke Kleidungsstücke für die Enkelkinder produziert. Wirklich ganz tolle Stücke- ich bin echt begeistert von so viel Kreativität.

Tanzen allerdings steht bei meinen lieben Mitbewohnern immer wieder doch auf dem Programm- trotz des kaputten Knies bei Dagi und trotz miesen Wetters. Aber Tanzen ist ja eine Sportart, die man nicht unbedingt im Freien ausüben muss- hat ja auch etwas für sich.

Nach dem recht intensiven Regen kommt die Sonne- nicht allein die, es kommt eine echt tropische Hitze. Auch ein Grund, sich nicht unbedingt draußen zu profilieren. So sitzt Jochi weitgehend am Computer. Er hat eine neues Projekt in Angriff genommen, schreibt an einem „Tharandter-Wald-Krimi". Finde ich irgendwie lustig- hier, in dieser Gegend passiert doch nichts. Da sagen sich Fuchs und Hase „Gute Nacht". Kenne ich übrigens die Beiden- sie laufen nachts immer an unserer Wildkamera vobei- Jochi zeigt mir dann morgens die Aufnahmen- wirklich sehr lustig zum Teil- es sei denn, ich bin auch darauf zu sehen. Und das verbitte ich mir energisch- muss ja nicht jeder sehen, was ich nachts so treibe in meiner Freizeit.

Wie gesagt, wir pflegen im Moment eine ausgesprochen ruhige häusliche Gelassenheit. Natürlich finden meine umtriebigen Mitstreiter immer etwas im Haus, was erledigt werden muss: kleinere Reparaturen oder optische Neugestaltungen, Aufräum- und Putzaktionen und vielleicht auch die eine oder andere Entrümplungsaktion. Hier allerdings ist mein Jochi ganz energisch: nichts darf weg, meint er, das überlasse er dann doch lieber seinen Erben. Na denn- viel Spaß auch.

Am 9.August hat dann mein Menschenpapa wieder Geburtstag. Ich kenne das schon, weil das Telefon an diesem Tag Hochbetrieb hat. Jochi`s Onkel aus Frankfurt macht den Anfang schon morgens kurz nach 8 Uhr. Und dann läutet das Ding praktisch rund um die Uhr- wer denkt dabei an das kleine Kätzchen, das seine Ruhe haben will?

Abends allerdings schlemmen meine beiden Mitbewohner ausgiebig im Lockwitzgrund und lassen es sich gut gehen, stoßen an auf ein neues und hoffentlich glückliches und auch gesundes neues Lebensjahr für meinen lieben Jochi. Ich schließe mich hier an und wünsche ihm alles, alles Gute und noch viele schöne Stunden mit mir- naja- und mit Dagi natürlich auch- ist doch klar.

Ein richtig toller Ausflug und ein schönes Event steht dann für meine Menscheneltern zwei Tage später auf dem Programm. Ganz früh schon springen sie aus dem Bett und fahren mit der S-Bahn nach Dresden, wo man sich dann zu dieser, von Andrea Dietrich organisierter Ausflugstour zu den wunderschönen Schlössern Nordböhmens trifft.

„Zamek" heißt Schloss auf Tschechisch- toll, ich bin einfach nur mulikulturell, musste ja mal gesagt werden. Aber lassen wir mal dieses Eigenlob- zwei dieser „Zameks" stehen für Dagi und Jochi und den Trupp, der mit ihnen fährt, auf dem Besichtigungsplan, ein tolles Mittagessen und dann noch ein Kloster. Richtig viel also für einen Tagesausflug. Aber das genießen sie ausgiebig. Und als die Beiden abends nach 20 Uhr zurückkehren, voll beschwingt und guter Dinge, kann ich befriedigt feststellen: sie hatten einen wunderschönen Tag und ich hatte meine ebenso wunderschöne Ruhe.

Pause ist aber nicht. Denn bereits am nächsten Abend steht das nächste Event auf dem Programm- wieder einmal ferne Reisen. Aber nur in Bildern. Erneut nämlich hat das Unternehmen Humboldt-Reisen zu einem Informationsabend ins Penck-Hotel eingeladen. Neue und interessante Reisen werden vorgestellt- Dagi und Jochi sind wie selbstverständlich dabei- auch ihre Freunde Marion und Jürgen. Gemeinsam verfolgen die vier das, was ihnen an interessanten

Reisevorschlägen unterbreitet wird- und danach tauschen sie sich bei uns zu Hause noch über das aus, was sie zuvor gesehen haben. Und über all das, was sie bereits gemeinsam erlebt haben oder noch vor haben, zu erleben.

In manchen Dingen kann mein lieber Jochi so richtig schnell sein. Dann nämlich, wenn ihm eine Sache Spaß macht- und zumeist trifft das auch auf sein Hobby, die Filmerei zu. Während Dagi im Moment sehr dabei ist, ihr Knie zu kurieren und deshalb auch umfangreiche Physiotermine absolviert, ist er damit befasst, seine Filme fertigzustellen. Der abgebrochene Frankreichurlaub ist inzwischen in „Sack und Tüten"- sagt man doch so- oder? Und „schwupps"- auch ein kleiner Böhmenfilm ist zusammengestellt. Man darf eben nichts auf die lange Bank schieben- so sein Motto, dem ich nur zustimmen kann.

Also- auf ein Neues. Packen wir es an. Besser gesagt: ich lasse Dagi und Jochi anpacken. Und zwar erst einmal ein paar Weingläser. Und zwar am Sonnabend, dem 17. August.

Sarah und Karsten haben nämlich meinem Weinliebhaber eine Weinführung mit dann entsprechender Verkostung des herrlichen Rebensaftes auf dem Schloss Albrechtsberg in Dresden zum Geburtstag geschenkt. Dieses Geschenk wird nun eingelöst. Das Wetter ist herrlich, die Stimmung bei meinen zwei Gourmets auch.

Der herrliche Blick in das Elbtal und auf Dresden, dazu noch ein herrliches Gläschen Wein in der Hand- was bedarf es mehr, um glücklich zu sein.

Ein überraschend aufgetretenes und auch

recht heftiges Unwetter sorgt dafür, dass meine lieben zweibeinigen Mitbewohner den folgenden Tag bei mir und mit mir im Haus verbringen und sich nicht in Ruppendorf beim dortigen Ortsfest belustigen- lustig ist es auch bei mir und mit mir. Vor allem dann, wenn ich neue Ideen für einen Eisenbahnfilm habe und dies Jochi auch zeige- mal sehen, ob er darauf auch anspringt. Mittelstadt ruft nämlich wieder nach Hilfe von Lara. Ich bin bereit- Jochi noch nicht. Und das liegt am Terminkalender.

Und dieser Terminkalender führt ihn erst einmal zur Hautärztin, die an ihm einfach mal so herumschnippelt. Danach muss er sich schonen- kann also erst einmal keine schwere Kamera mehr halten. Ich verstehe- Mittelstadt ist erst einmal auf Eis gelegt.

Tanzen geht also auch erst einmal nicht. Während Jochi so also seine Wunden auf der Couch pflegt, ist Dagi im Großeinsatz- und zwar im Barockgarten Großsedlitz, weil dort- wie gewohnt- die Zitrustage statt- finden. Und da muss sie naturgemäß dabei sein, helfen und anpacken- schließlich ist sie ja Mitglied im Förderverein. Da muss man dann eben auch durch- aber sie hat ja auch Spaß daran- und das ist gut so.

Spaß - also so richtigen Spaß- haben meine Leutchen dann auch zwei Tage später. Sie sind am Sonntag- und zwar mit Tessa auf der Naturbühne in Maxen und sehen dort „Die kleine Hexe". - Also nicht die, die sie bei sich haben- hahaha- sondern das Theaterstück, das wirklich liebevoll und mit großem Aufwand inszeniert ist.

Gruselig geht es zu - so richtig gruselig- bei

diesem Stück. Die Schauspieler sind voll engagiert und mit viel Lust und Freude in ihrem Element, wie immer in diesem netten Open-air- Theater. Auch die kleine Tessa ist total begeistert und ist auch mit Leib und Seele bei der Sache, wie Oma und Opa später lachend berichten. Am liebsten wäre sie auf dem Hexenbesen mitgeflogen. Ging aber nicht- denn dafür muss sie erst noch ihr Hexendiplom ablegen und den Hexen- besenführerschein erwerben. Beides will sie so bald als möglich nachholen. Hat sie versprochen- ganz ehrlich. Ich bin dann mal gespannt, wann sie ihr Versprechen ein- löst und uns auf dem Besen besuchen wird.

Zu Hause geht es in den nächsten Tagen ein wenig ruhiger zu. Hier wird nicht gehext, obwohl man diese Fähigkeit jetzt recht gut gebrauchen könnte. Eigentlich ruft nämlich der Garten und will gepflegt werden. Das ist allerdings nur sehr eingeschränkt möglich, weil Jochi sich im Moment etwas schonen muss und auf schwere Arbeit verzichten soll. Warum- nun er läuft gerade mit einem etwas dickeren Verband um den Oberarm herum. Irgendeine blutrünstige Ärztin hat nämlich Spaß daran gefunden, an diesem herum zuschnippeln. Nein- ganz im ernst. Es ist tatsächlich so, dass Jochi, der normalerweise um Ärzte einen großen Bogen zu machen pflegt (es sei denn, es handelt sich um seinen eigenen Sohn), sich am rechten Oberarm eine Geschwulst hat entfernen lassen. Das sei besser so, hat man ihm gesagt- und er hat ausnahmsweise einmal gefolgt. Und das hat er nun davon: die Geschwulst ist weg, dafür trägt er jetzt einen dicken Verband mit sich herum.

Naja- irgendwie geht alles doch einmal zu Ende: sowohl die guten Dinge- leider, als auch die schlechten Sachen- zum Glück. Und wirklich Ernsthaftes ist ja doch nicht geschehen, so dass Jochi auch bald wieder in alter Frische in seinem geliebten Garten rumwirbeln kann. O.K.- statt wirbeln gebrauche ich doch lieber die Vokabel „werkeln"- trifft es doch etwas besser. Mein Menschenpapa ist ja nun einmal nicht mehr der Jüngste-irgendwie haben wir da doch etwas, was uns beide verbindet-außer den grauen Haaren. Ich bin mal wieder ein richtiger Schelm heute.

Aber weiter im Programm. Denn wirklich interessante Geschehnisse finden nun erst einmal nicht im Garten statt. Interessant zum Beispiel ist das, woran Dagi gerade musikalisch mitwirkt: nämlich an der Uraufführung eines Oratoriums, das den Namen „Rut" trägt- stammt irgendwie aus dem „Alten Testament", habe ich mir sagen lassen. Und dafür muss geprobt und geübt werden- sehr intensiv sogar.

Aber trotz dieses Engagements und Proben- natürlich sind meine beiden unstetigen Mitbewohner auch gemeinsam unterwegs: in Rammenau zum Beispiel, wo wieder die Oberlausitzer Leinentage stattfinden- ein „Muss" für Dagi - und auch eine nette Abwechslung für Jochi. Es geht dort nämlich nicht nur um Stoffe und dergleichen- es wird mehr geboten: Kunst und Kultur, viel Musik und Unterhaltung. Und das machen meine beiden Leutchen auch: sie sind voll dabei, unterhalten sich prächtig und kommen nicht nach Hause, ohne wieder einmal zugelangt zu haben. So kenne ich sie, so liebe ich sie. Wie langweilig wäre es, in einem Haus zu wohnen, in dem nur langweilige Kreaturen hausen würden. Ich kann bestätigen: bei uns ist das nicht der Fall. Ich bin absolut nicht langweilig. Meine Mitbewohner ebenfalls nicht, wovon man sich ja vorliegend überzeugen kann.

Eine Woche später sind Nicolle und Thomas bei uns zu Besuch. Sehr nett- eigentlich kein großes Ereignis- wenn sie nicht- ja wenn sie nicht ihren neuen Mitbewohner, also ihren Wauwau mitbringen würden. Ich gebe ja

zu, das Kerlchen ist ja durchaus nett und
sehr verträglich.

Aber Lara und ein Hund- gemeinsam in
einer Wohnung. Damit muss ich mich erst
einmal sehr gründlich und auch emotional
auseinandersetzen. Klappt aber irgendwie,
wobei ich gestehen muss, dass ich die meiste
Zeit im Keller verbringe und deshalb unsere
persönlichen Kontakte eher zurückhaltend
verlaufen. Aber klappen tut es dann doch
irgendwie- woraus man ersehen kann, dass
ich eine durchaus kommunikatives kleines
Kätzchen bin -mit allerdings allergischer
Reaktion auf vierbeinige Wesen, die Rosi

heißen. Sie verstehen: schließlich kann man
ja nichts Unmögliches von mir verlangen.

Wo befinden wir uns jetzt? Ach ja, mitten im
September. Es geht schon wieder einmal auf
den Herbst zu- und das Wetter deutet das
auch an. besonders erbaulich ist es nicht-
muss es ja auch nicht sein. Wir- also meine
lieben Mitbewohner und ich machen es uns
im Haus kuschelig- das ist doch auch eine
schöne Sache oder?

Und während wir so ganz gemütlich zu
Hause herumsitzen, bekommen wir mit, was
gerade in Dresden passiert. Etwas wirklich

außergewöhnliches, etwas mit dem so und in dieser Weise niemand wirklich rechnen konnte: einfach so und mitten in der Nacht bricht die Carola-Brücke zusammen- eine der wichtigsten Brücken über die Elbe im Stadtgebiet. Unfassbar- kann man da nur sagen.

Und das berührt natürlich die Dresdner ungemein und sorgt für viel Gesprächsstoff. Auch bei meinen Leutchen, als sie sich nur wenig später wieder mit Annett und Diana zum Mittagessen in Dippoldiswalde treffen.

Und dann geht es am Wochenende wieder einmal nach Sellin. Eigentlich habe ich auf diese Fahrt schon seit längerem gewartet- aber so richtig glücklich bin ich dann doch nicht. Die Fahrt nervt mich bereits- es gibt mehrere Staus auf der Autobahn, wir sind deshalb recht lange unterwegs. Und dann ist auch noch die untere Wohnung belegt- ich kann an diesem Abend also nicht mehr die gewohnte Runde unternehmen und nachschauen, wo mein geliebtes Katerchen ist. Naja- abgehakt. Es bleiben ja noch ein paar Tage- und die sind dann auch deutlich angenehmer- nicht nur vom Wetter her. Das Wetter hellt auf und meine Laune auch. Nachdem die untere Wohnung frei wird, kann ich auch wieder raus, kann die Enten in der Nachbarschaft besuchen und mich umschauen, was sich seit unserem letzten Besuch so getan hat auf der Anlage. Nicht sehr viel- muss ich ehrlich gestehen. Dabei sollte doch einiges verändert werden- so hatte es die Eigentümerversammlung letztens beschlossen- wie Dagi und Jochi mir damals berichtet haben. Aber dazu bedarf es auch Handwerker, die Lust und Laune haben- und der so großartig auftretende Gartendoktor, der eigentlich auch auf unserer Anlage wohnt, gehört offenbar nicht zu den lustigen Arbeitern und zu den anpackenden ohnehin nicht.

Aber egal- davon abgesehen ist es wieder sehr entspannt und auch sehr schön auf der Insel. Dagi und Jochi sind selbstverständlich wieder mit irgendwelchen Dingen in den Wohnungen zugange, streichen, reparieren oder bessern aus- was auch immer. Das stört mich aber nicht- solange sie im Haus beschäftigt sind, habe ich meinen Freiraum, freien Auslauf und kann mich ungehindert bewegen. Nur wenn sie etwas unternehmen und unterwegs sind, ist die untere Tür dann geschlossen. Macht aber nichts- dann schlafe ich eben.

Und natürlich unternehmen meine lieben Mitbewohner auch so einiges- ihre täglichen Spaziergänge zum Beispiel gehören dazu. Ab und zu dann auch ein auswärtiges Essen und natürlich der sonntägliche und bei meinen Zweibeinern so beliebte Flohmarkt in Sellin. Wie gewohnt, bringen sie bringen auch dieses Mal ein Exponat mit- unsere Wohnung besteht bald nur noch aus solchen Exponaten.

Und was steht noch auf dem Programm? Wer meine lieben Mitbewohner kennt, weiß das natürlich: die „Lachmöwe" in Baabe. Dagi und Jochi gehören ja hier schon fast zum Inventar. Eigentlich müssten sie die Goldene Ehrenurkunde mit Kranz für ihre Treue erhalten. Gibt es aber nicht- sie sind trotzdem da und erweisen dem kleinen Kabarett die Ehre. Heute im Programm:

„Wer oben liegt, muss spülen". Wie immer-
sehr aktuell und sehr lustig. Meine Leutchen
jedenfalls sind einmal mehr begeistert. Und
wenn sie guter Laune sind, springt immer
auch etwas für mich heraus. Besser kann
ein solcher Abend nicht verlaufen.

Ja, liebe Freunde- Sellin ist eben immer eine
Reise wert. Ich fühle mich wohl dort und
erhole mich blendend. Und auch der Rest
meiner Familie genießt diese Tage an der
See- trotz der üblichen Rumwuselei. Aber
die gehört ja irgendwie dazu, sonst würde
den Beiden tatsächlich etwas fehlen.

Am Donnerstag, dem 19.September sind wir zurück in Hartha. Und weil die Rückfahrt einigermaßen glatt verläuft, wird abends auch wieder getanzt- also nicht in unseren beengten vier Wänden, sondern so richtig in der Tanzschule. Klappt auch, weil „Slow-Fox" auf der Tagesordnung steht- also kein Sprintrennen- hahaha, kleiner Scherz mal wieder von mir. Das brauche ich irgendwie- würden sie auch verstehen, wenn sie meinen Leutchen beim Tanzen zusehen (müssten).

Am nächsten Tag, dem 20. September, feiern dann meine lieben Dagi und Jochi ihren 27igsten Hochzeitstag.

Naja, feiern ist zu viel gesagt. Aber sie treffen sich jedenfalls mit ihren ganz lieben Freunden Nicole und Wolfram in Dresden beim Spanier zum vorzüglichen und vor allem ausgedehnten Mittagessen, wo sie seit langer Zeit mal wieder quatschen und sich austauschen können über Gott und die Welt- so sagt man doch- oder? Es geht recht munter zu und die Vier sind allerbester Stimmung. Wie schön für sie.

Dass die gute Stimmung bei Jochi am Abend vorbei ist, ist eine andere Geschichte. Das liegt an seinem Schwager Ludwig, der ein ziemlicher Fiesling sein muss. Persönlich habe ich ihn nicht kennengelernt, aber seine schwachsinnigen Mails habe ich schon gelesen. Und insofern kann ich meinen Menschenpapa schon verstehen, dass er auf dieses geldgierige Familienmitglied nicht gerade besonders gut zu sprechen ist. Aber so geht es zu in manchen Familien, bei uns offensichtlich auch- und da halte ich mich völlig zurück mit meinen Äußerungen. Das ist nicht mein Bier- wie man so schön sagt. Aber ein bisschen traurig bin ich schon, wenn ich sehe und mitbekomme, dass dieser Mensch es darauf abgesehen hat, unser Familienleben kaputt zu machen. Aber das klappt natürlich nicht, weil- ja, weil wir eben zusammenhalten und uns von einem blödsinnigen Schwachkopf nicht aus der Ruhe bringen lassen.

Und dementsprechend ist Jochi`s schlechte Laune auch ganz schnell verflogen, weil am nächsten Tag ein großes Ereignis ansteht: ich habe ja schon über „Rut" erzählt- und diese Uraufführung- natürlich mit Dagi- findet am 21. September in Freital in der Christuskirche statt.

Ein sehr eindrucksvolles Konzert und auch ein sehr eindrucksvolles Erlebnis- vor allem für meine hochbegabte Sängerin natürlich. Jochi hat das Ereignis gefilmt und mir den Film später vorgeführt. Sehr beeindruckend muss ich sagen- ich bin echt stolz auf meine musikalische Menschenmama.

Nach diesem tollen Ereignis wird Dagi`s Geburtstag am Folgetag ganz familiär und in Ruhe begangen.Es gibt zwar die üblichen Telefonate. Aber gefeiert wird dann allein am Nachmittag mit den Mockritzern. Aber was heißt hier allein? Stimmung herrscht trotzdem im Haus- ist ja auch nicht anders zu erwarten bei den beiden umtriebigen Verkleidungskünstlern, die bei uns wie gewohnt lustig herumtoben, so dass ich erst einmal im Keller Zuflucht suchen muss.

Die letzten Tage waren recht aufregend und auch turbulent. Deshalb finde ich es persönlich sehr angenehm, dass nun doch ein wenig Ruhe einkehrt in unseren vier Wänden. Alles verläuft in den gewohnten Bahnen- Dagi verrichtet die Hausarbeit, Jochi den Garten und die achtsame Katze des Hauses schaut zu, dass auch alles seine Ordnung hat. Insofern ist unsere Hausgemeinschaft schon sehr gut organisiert und aufgestellt. Trotz aller Normalität: eine Besonderheit gibt es in diesen Tagen dann aber doch noch. Denn am Wochenende bin ich mit meinem lieben Jochi lange Zeit alleine zu Hause. Denn unsere Dagi wird am 27.September abgeholt- und sie feiert mit ihren alten Klassenkamerad/innen ihr 50jähriges Abitur.

Man trifft sich im Osterzgebirge, unternimmt die eine oder andere Tour und Besichtigung. In erster Linie allerdings schwelgt man nostalgisch in Erinnerungen an die gemeinsam verbrachte Schulzeit. Es ist zwar nicht so, dass man sich längere Zeit nicht gesehen hätte- diese Clique trifft sich ja regelmäßig zum Wandern. Aber das hier ist doch etwas Besonderes- das Goldene Abitur. Und da kann man verstehen, dass dieses besondere Ereignis ausgiebig gefeiert und natürlich auch begossen wird- also nicht mit dem klaren Gebirgswasser - aber sie verstehen schon, was ich sagen will.

Während Dagi also kräftig am Feiern ist, sind wir zu Hause. Normalerweise ist dies kein Grund, um sich Sorgen zu machen. Tue ich aber, weil ich sehe, dass Jochi die Koffer aus der Butze holt-die großen wohlgemerkt- und Sachen zusammensucht und einpackt. Nein- ich habe keine Angst davor, dass er die Flucht ergreift und uns zurücklässt- ich weiß doch, dass er das nie machen würde, wo er uns doch so wahnsinnig lieb hat. Meine Ängste gehen in eine andere Richtung. Ich weiß, dass meine Lieben noch eine Reise planen, eine ganz große und weite, eine Reise, die vor vier Jahren bereits hatte stattfinden sollen, wegen Corona aber ausgefallen ist. Ist dies der Grund für die Packerei?

Tatsächlich, er ist es- ich muss nicht lange warten, um dies alsbald hautnah erleben zu dürfen. Am Sonntag kommt Dagi zurück von ihrer Feierei- und stürzt sich ebenfalls sogleich ans Kofferpacken. Und am Montag werde ich einmal mehr verpackt und nach Taubenheim verbracht. Also doch: meine Liebsten lassen mich im Stich (aber nein- so ist es ja nicht- ich liebe meine Tierpension und ich gönne meinen Menscheneltern ihren Urlaub, auf den sie sich so sehr freuen).

Ihre große Reise nach Indonesien beginnt noch am Montagnachmittag. Ich bin- wie üblich bei ihren großen Unternehmungen- nicht dabei (wie auch-ich bin ja in Taubenheim). Und wie üblich, kann ich alles, was sie jetzt lesen und sehen werden von diesem Trip ans andere Ende der Welt nur aus zweiter Hand wiedergeben- kann mich also nur auf die Berichte meiner zwei Weltenbummler beziehen und auf deren

Fotos und Videos. Und davon gibt es viele- wirklich sehr, sehr viele- eigentlich viel zu viele für den kleinen Kopf eines gebeutelten Kätzchens.

Aber- fangen wir einfach mal an. Also am Montag wird die Katze abgeschoben und meine Leutchen fahren nach Frankfurt, wo sie in einem Flughafenhotel übernachten, das Auto abstellen und hier den weiteren Ereignissen entgegenträumen. Aufstehen ist am 1. Oktober um 5:30 Uhr, Fahrt mit dem Shuttle zum Flughafen, einchecken. Abflug um 10:30 Uhr- pünktlich-. Es folgen dann knapp 6 Stunden Flug bis Doha in Dubai. Umsteigen- und weitere 9 Stunden Flug, bis man Jakarta, die Hauptstadt Indonesiens erreicht hat. Alles ist sehr nervig, meine Leutchen sind kaputt und würden jetzt ein ruhiges Bettchen vorziehen- aber wegen der Zeitverschiebung befinden wir uns erst am Morgen ihres zweiten Urlaubstages. Und am Flughafen gibt es obendrein auch noch Probleme, weil der Pass von Jochi vom Scanner nicht akzeptiert wird. Es lebe der digitale Fortschritt, kann ich da nur feststellen. Erst als er mit vollmundigen Worten seinen alten Dienstausweis als ehemaliger Richter präsentiert wird er ins Land gelassen.

Aber diese ganze Abwicklung kostet eine gehörige Menge Zeit, so dass meine beiden strapazierten Urlauber erst gegen Mittag in ihrem Hotel ankommen, wo sie erst einmal ein Päuschen einlegen.

Was sie später von Djakarta mitbekommen, lädt die Beiden dann auch nicht gerade zu Jubelstürmen ein.

Eine total übervölkerte und laute Stadt. Als die beiden sich dann am Abend doch noch aufraffen, ein wenig die Gegend erkunden und sich ein Abendessen gönnen, benötigen sie Hilfe von handaufhaltenden Jakartern, um von einer Straßenseite auf die andere zu gelangen.

So viel dazu- der weitere Verlauf der Reise ist dann nämlich wahnsinnig interessant und sehr eindrucksvoll- ein Erlebnis, das meine beiden Weltenbummler ganz sicher nie vergessen werden. Natürlich kann ich hier nicht alles minutiös wiedergeben, was die Beiden in den darauf folgenden Tagen so gesehen und erlebt haben. Aber für ein paar Impressionen sollte hier schon Raum sein.

Also: am 3.Oktober ist in Deutschland Feiertag- bei den beiden Urlaubern beginnt die Rundreise durch Java. Sehr sehenswert und interessant ist der alte Segelschiffhafen von Jakarta- die erste Station am heutigen Tag. Nach ausgiebiger Besichtigung geht es mit dem Bus- ihr Reisebegleiter in den folgenden Tagen- hinein ins Binnenland.

Halt gemacht wird in einem malerischen Ort, in dem man zunächst einen Rundgang macht und anschließend eine Musikschule besucht, wo sie das erste Mal auf dieser Reise mit einheimischer Musik und traditionellen Tänzen unterhalten werden.

Der Tag endet dann nach einer Weiterfahrt, vorbei an typischen Dörfern sowie malerischen Teeplantagen und Reisfeldern in einem sehr schönen Hotel in Bandung. Das ist zwar auch eine Millionenstadt, aber deutlich lebenswerter als die Hauptstadt. Ein kleiner Spaziergang noch am Abend - dann sinken meine Zwei geschafft ins Bett.

Der folgende Tag wird in der Umgebung von Bandung verbracht. Zunächst besucht die Reisegruppe eine Manufaktur, in der ihnen gezeigt wird, wie man Bambusrohr zerschneiden und daraus Teppiche flechten kann. Besonders lustig ist ein Abstecher in eine Grundschule. Die Schülerinnen und Schüler sind schlichtweg begeistert von dem Besuch aus dem fernen Europa- und zeigen das auch überschwänglich.

Und dann geht es hoch hinauf- bis auf über 2200 Meter- zuerst mit dem Bus, dann mit kleinen und recht gewöhnungsbedürftigen

Kleinstfahrzeugen, und zuletzt muss man die eigenen Füße bemühen. Ziel des Ganzen ist der Mount Patuha, ein spektakulärer und noch aktiver Vulkan, der nicht nur weiße Rauchwolken ausstößt, sondern vor allem auch die Besucher in Schwefeldämpfe einhüllt. Ich habe die Fotos und Videoaufnahmen zu sehen bekommen und kann nur sagen: mich würde keiner da hoch kriegen.

Tag 5: aufstehen bereits um ½ 6 Uhr- weil man den Zug bekommen muss. Ja, in der Tat- heute wird nämlich mit KAI gefahren, der indonesischen Staatseisenbahn. Und

die ist erstaunlicherweise nicht nur extrem pünktlich, sondern auch noch erstaunlich komfortabel. Die Deutsche Bahn kann sich mal ein Scheibchen abschneiden. Aber egal- so kommt man jedenfalls sehr entspannt in Borobodur an- hier nämlich wird es wieder ein wenig anstrengender. Warum? Einfach, weil diese Anlage als größte Tempelanlage der Welt gilt- größer als Angkor Wat- und da muss man sich schon ein wenig bewegen, und bei der dort herrschenden extremen Hitze kommt man dann auch schon einmal ins „Schwimmen" - Jochi jedenfalls, bei dem rinnt der Schweiß in „Strömen".

Eine sehr eindrucksvolle Anlage. Und hier verbringt man dann auch mehrere Stunden zwischen alten Steinen und den Überresten einer einstigen Hochkultur. Der Tag klingt schließlich aus in Yogyakarta, wo meine zwei Lieben dann am Abend die Eindrücke des Tages noch einmal in Ruhe genießen und an sich vorübergehen lassen.

Der nächste Tag folgt- und auch dieser ist vollgepackt, sowohl mit Sehenswürdigkeiten als auch mit Kulturschätzen. Er beginnt mit der Besichtigung des Sultanspalastes- die Fahrt dorthin ist sehr lustig, sie erfolgt mit motorisierten Rikschas, die sich ihren Weg durch den Verkehr dieser Metropole bahnen. Das muss man einfach mal erlebt haben. Hier tauchen meine lieben Fernreisenden ein in die phantastische Einzigartigkeit traditioneller javanischer Architektur und erleben darüber hinaus auch noch sehr instruktive Einblicke in die Musik und die Tänze dieser- für Mitteleuropäer fremden- Welt. Man lässt sich treiben und genießt einfach diese phantastischen Darbietungen. Das ist Urlaub, so soll Urlaub sein.

Aber damit ist für heute nicht genug. Es wartet heute noch der größte Hindu-Tempel von Indonesien auf die erlebnishungrige Reisegesellschaft- der Prambanan. Ebenfalls Weltkulturerbe und irgendwie phantastisch und einzigartig in seiner Ausgestaltung. Eine fremde, aber mitreißende Architektur mit den emporragenden und mit Figuren versehenen Türmen, mit den vielen aus Stein gehauenen menschlichen und auch tierischen, sehr surrealistischen Gestalten, mit verschiedenen verborgenen Kammern und verschlungenen Pfaden. Eine irgendwie zauberhafte Welt für sich.

Nicht nur die alte Kunst und Kultur steht auf dem Programm. Sehr schön für Dagi- der Besuch in einer Batikmanufaktur, in der man natürlich auch zuschlägt- was das eine oder andere Mitbringsel betrifft. Eine ausgedehnte Tour durch die Markthallen zeigt, was auf Java so wächst und gedeiht und eine Silberwerkstatt präsentiert die handwerkliche Kleinkunst dieser Region.

Der nächste Tag ist mehr oder weniger ein Reisetag. Man verlässt das schöne Hotel in Yogyakarta, fährt ein Stückchen mit dem

Bus- und danach geht es erneut auf die Schiene. Viel Landschaft, viele kleine und romantisch wirkende Ortschaften fliegen an ihnen vorbei. Eine fremde Welt für Dagi und Jochi, eine bizarre aber ausgesprochen reizvolle Welt. Das wollten sie sehen und auch erleben- das erleben sie jetzt- hautnah. Und sie landen nach Zug- und erneuter Busfahrt in einem sehr ungewöhnlichen Hotel, wild romantisch an einem Berghang gelegen. Aber auch fordernd- denn die Koffer müssen doch einige Hindernisse überqueren, ehe sie das Ziel für heute, das romantische Zimmer mit tollem Blick auf die total eindrucksvolle Vulkanlandschaft erreicht haben. Denn hier befinden sie sich nun- nämlich im direkten Einzugsgebiet des noch ziemlich aktiven Vulkans Bromo. Und den erleben sie dann auch- am nächsten Tag- praktisch hautnah.

Aufstehen ist schon um 3 Uhr nachts angesagt. Wenig später geht es mit Jeeps in die Caldera. Und von dort in tiefer Dunkelheit, nur mit Handybeleuchtung, auf eine Plattform am Rande des Vulkankraters. Alles ist sehr bizarr, aber aufregend. Auf was wartet man hier? Darauf vielleicht, dass der tief unten brodelnde Vulkan ausbricht? Nein- man hat sich hier oben versammelt, um den Sonnenaufgang zu erleben- auch ein tolles Naturschauspiel.

Es ist wirklich interessant, was meinen zwei Weltenbummlern so geboten wird auf dieser Reise. Imposant ist der Sonnenaufgang und imposant ist der ganze Vulkan, der ständig brodelt und zischt.Der Eindruck bleibt, aber es geht zurück ins Hotel, wo ausgiebig erst einmal gefrühstückt wird. Heute liegt eine lange Busfahrt vor ihnen, viel Landschaft, viele exotische Ortschaften und abends ein wenig entspannen- irgendwie sind meine Leutchen doch geschafft- zwar glücklich, über das, was sie alles gesehen haben-aber das muss man erst einmal verdauen- rein körperlich meine ich so- als außenstehende aber verständige Berichterstatterin. Die geistige Aufarbeitung anhand der Fotos und Videos erfolgt später- aber das sagte ich ja bereits.

Donnerstag, der 10.Oktober. Weiter geht es- noch auf Java. Nach kurzer Busfahrt erfolgt ein Besuch auf einer Gewürzplantage. Auch dies ist eine sehr interessante Erfahrung.

Hier wird nicht nur die pralle Gewürzwelt Indonesiens vorgestellt, sondern es wird auch gezeigt, wie man Puppen aus Maniok-Blättern herstellt beziehungsweise andere muntere Figuren. Eine Tanzeinlage gibt es auch mal wieder- mit typischen Tänzen aus dem Osten Javas- die kleinen Tänzerinnen und Tänzer sind total bei der Sache- und unsere lustige Reisegesellschaft darf sich dabei ebenfalls profilieren. Dann aber geht es wieder zurück auf die Straße. Ein Stück Fahrtstrecke liegt noch vor ihnen auf Java bis zur Hafenstadt Ketapang. Hier wartet bereits die Fähre nach Bali. Also „Ade" Java- weiter geht es auf Bali.

Dort angekommen, übernimmt ein neuer Reiseleiter die Gruppe -ebenso kompetent und munter, wie seine Vorgängerin, sogar noch eine Spur lustiger. Das liegt aber auch daran, dass Bali ganz anders ist als Java-touristischer und weltoffener. Java ist eben doch stark muslimisch geprägt. Und Bali dagegen- hinduistisch, freundlich- man geht aufeinander zu, fast liebevoll. Auf die ersten Einwohner dieser Insel trifft das allerdings weniger zu: die erweisen sich als eher frech und aufdringlich- sind aber ebenfalls sehr unterhaltsam.

„Auf die Affen gekommen", könnte man fast sagen. Derart viele bevölkern nämlich die Straßen- und sie wissen genau, wie man von den Touris etwas zu essen bekommt: einfach nur gegen die Handys eintauschen, welche man ihnen zuvor aus der Tasche gezogen hat. Die kleinen Kerlchen wissen nämlich ganz genau, wie der Hase läuft- oder wie die Touris nun einmal so ticken.

So, dieser 10. Oktober klingt dann am Abend aus in einer sehr schönen Hotel-anlage nach einem ebenso schönen wie opulenten Abendessen. So richtig rund und gesättigt fällt man dann ins Bett mit dem guten Gewissen, dass man am nächsten Tag lange ausschlafen kann. Erst gegen 11 Uhr geht es weiter im Programm.

Viel liegt heute nicht an- eine ausgedehnte Busfahrt durch wunderschöne Landschaften und bunte und sehenswerte Orte. Und noch der Besuch einer Kaffeeplantage, wo der berühmte Katzenkaffee serviert wird.

Ja, tatsächlich- richtiger Katzenkaffee. Ich weiß nicht, ob sie wissen, warum man dieses köstliche Getränk Katzenkaffee nennt. Ich will den Herstellungsprozess vereinfacht einmal so beschreiben: erst wenn die reifen Kaffeebohnen einen Katzenkörper durchlaufen und am Ende- also am Katzenende- wieder herausgekommen sind, haben sie das einzigartige Aroma erzielt- verstanden, was ich damit meine? Ist doch einfach nur toll-oder?

Toll ist auch das Hotel in Nusa Dua, das meine lieben Menscheneltern dann am Abend erreichen. Empfangen werden sie mit Musik und Tanz, sie erhalten ein wunderschönes Zimmer, packen ihre Sachen aus- schließlich werden sie ja einige Zeit hier verbringen- gehen dann erst einmal schwimmen und anschließend toll essen.

Wenn sie jetzt allerdings denken sollten, dass Dagi und Jochi die restlichen Tage des Urlaubs auf der faulen Haut verbringen werden- weit gefehlt. Sie kennen doch inzwischen meine beiden umtriebigen Zweibeiner. Denn bereits am nächsten Tag steht ein weiterer Ausflug auf dem Plan, den sie schon vorab zusätzlich gebucht hatten: „Historisches Bali". Und diese Tour ist dann auch extrem interessant und eindrucksvoll, aber auch echt richtig anspruchsvoll. Drei Tempelanlagen stehen auf dem Programm- treppauf und treppab- bei ca. 35 Grad, und noch ein paar andere Sehenswürdigkeiten werden in Augenschein genommen. Aber da muss man durch, wenn man von Land und Leuten wirklich etwas mitbekommen will.

Und das wollen meine Leutchen ja, deshalb unternehmen sie solche Fernreisen. Baden, so ihre Auffassung, kann man auch zu

Hause in der Badewanne. Eben- da kann die Katze nämlich zusehen.

Auch der folgende Tag hat viel zu bieten, allerdings weniger historische Eindrücke. Es geht nach Ubud, dem kulturellen Zentrum Balis. Und hier regiert in erster Linie die Gegenwart. Hier leben die Menschen, die die Gegenwartskunst prägen- die Maler und vor allem Holzbildhauer. Und für so etwas sind Dagi und Jochi ja immer zu begeistern.Und daher finden sie natürlich auch wieder etwas Schönes und Exotisches für unser Zuhause- wir besitzen ja noch gar nichts.

Neben der Kunst bekommen die Zwei aber auch noch andere schöne Dinge zu sehen: herrliche Reisterrassen, eine eindrucksvolle Gebirgslandschaft und sogar einen Einblick in den früheren Königspalast mit einer sehr bemerkenswerten Gerichtshalle. Was ist das Besondere daran- naja, sagen wir mal so: die Decke der Halle ist bemalt mit bunten Bildern- und auf diesen werden plastisch die einzelnen Strafen dargestellt, die einen Delinquenten erwarten, wenn er hier denn letztlich vor dem Richter steht. Jochi ist begeistert- so etwas hätte er damals auch gerne gehabt in den alten Amtsrichter- zeiten. Gab es aber nicht- alles musste man selber machen.

Und dann, liebe Leserin und lieber Leser, gibt es für die beiden Weltenbummler doch noch so etwas wie Wellnessurlaub. Zwei Tage liegen noch vor ihnen, an denen nichts geplant oder organisiert ist. Und natürlich verbringen sie diese- ganz entspannt und in aller Ruhe- am Strand oder am Pool- oder beim Schlemmen natürlich. Das gehört ja irgendwie dazu.

Ja, meine lieben Freunde- der Urlaub für meine lieben Menscheneltern geht zu Ende. Jetzt liegt nur noch der Rückflug vor ihnen- wieder ein endlos langer Flug, der wegen der Zeitverschiebung fast nur im Dunklen erfolgt. Nahezu einen ganzen langen Tag verbringen sie auf Flughäfen oder im Flugzeug. So haben sie Zeit, die ganzen schönen Tage, die hinter ihnen liegen, noch einmal Revue passieren zu lassen. Es waren in der Tat wunderschöne Tage.

Viel haben sie gesehen, sehr viel von einer fremden Welt, in die sie eingetaucht sind. Eine phantastische alte Kultur, eine bunte Welt haben sie gesehen und sind durchweg auf freundliche und lebenslustige Menschen gestoßen, die weitgehend die Straßen mit ihren Motorrädern gefüllt haben. Auch das ist eine neue Erfahrung gewesen für die Zwei.

Es ist Donnerstag, der 17.Oktober. Meine beiden Weltenbummler landen tatsächlich pünktlich in Frankfurt,die weitere Prozedur am Flughafen verläuft erstaunlich ruhig und reibungslos. Und so können sie ihre 7 Sachen gegen 10 Uhr ins Auto packen und die Heimfahrt nach Hartha antreten bzw. anfahren. Was ich ihnen ganz hoch anrechne- auch wenn ich mir das nicht anmerken lasse- ist der Umstand, dass sie nicht spornstreichs nach Hause fahren und sich erst einmal ausruhen. Nein, sie biegen, praktisch noch voll im Flugmodus, von der Autobahn ab, lenken ihr Fahrzeug nach Taubenheim und holen ihr kleines süßes Kätzchen ab, das hier 2 ½ Wochen Trübsal blasen musste (völliger Quatsch, mir ging es ganz hervorragend, ich habe auch nette Mitbewohner kennengelernt- mich aber ganz selbstverständlich auch gefreut, meine beiden lieben Weltreisenden wiederzusehen- in munterer, wenn auch durchaus müder Verfassung). Der Alltag hat uns wieder.

Und wie sieht dieser Alltag dann aus? Das ist einfach gesagt: ich durchstreife zunächst einmal mein Revier und prüfe, ob alles noch in Ordnung ist. Dem ist so- ich bin beruhigt und kann mich dementsprechend auf ein Schläfchen zurückziehen. Dagi und Jochi müssen erst einmal ihre Koffer auspacken und all das sortieren, was sie so wieder mit- gebracht haben. Dann sitzt mein Menschen- papa erst einmal am Computer und geht die Zeitungen der letzten Tage durch, Dagi geht auf Einkaufstour und später an die Wäsche. Da ist Jochi aber bereits im Garten und kämpft sich durch das Unkraut der letzten Wochen. Wie ich bereits bemerkte: der ganz normale Wahnsinn.... bzw. der ganz normale Alltag hat uns wieder.

Zum ganz normalen Alltag in unserer- ach so völlig durchgeknallten- Familie gehört dann auch, dass Jochi sich an seinen Urlaubsfilm macht. Für mich bedeutet das: ich muss auf seinem Schoss sitzen und mir all die tollen Videos ansehen, die er während des Urlaubs geschossen hat. Ist das langweilig- darf ich aber nicht sagen und zeige mich deshalb auch sehr interessiert. Und ganz ehrlich- so lerne ich auch die Welt kennen, ohne mir die Füße schmutzig zu machen.

Aber das Leben geht ja weiter, auch nach so einem tollen Urlaub. Jochi beendet seinen „Tharandter -Wald- Krimi", an dem er so lange gebastelt hat und schickt ihn an den Verlag. Dagi ist mal wieder in ihrem Barockgarten in Großsedlitz, wo ihre Hilfe benötigt wird, und ich- ich bekomme den sehr unmissverständlichen Auftrag, mich mal wieder mit der Jahreschronik zu befassen. Das mache ich doch glatt- sonst würden sie hier nur leere Seiten sehen.

So also verlaufen diese Spätherbsttage bei uns in völlig normalen Bahnen. Relativ schnell trudelt Jochi`s Buch ein- nett geworden- er ist zufrieden. Zufrieden ist auch Dagi, die inzwischen ihr Fotobuch vom letzten Urlaub fertiggestellt hat. Und zufrieden bin auch ich, da ich sehe, dass bei uns irgendwie alles paletti ist- wie ich so gerne zu sagen pflege. Ein solch normaler und harmonischer Alltag füllt zwar keine

Bücher- aber wen stört das schon- ich kann gut damit leben.

So beenden wir den Oktober, ganz friedlich und in voller Harmonie. Fast jedenfalls, denn so ganz trifft das nicht zu. Denn am 31. Oktober, dem Reformationstag, fahren meine Lieben nach Hannover und besuchen Jochi`s Mama. Das ist einerseits sehr lieb und auch ausgesprochen lustig, weil völlig unerwartet und überraschend Christoph mit Familie dort eintrudeln. Das ist die schöne Seite des Besuchs- ein so richtiges Familientreffen. Alles allerdings hat zwei Seiten- die andere ist, dass sie feststellen müssen, dass die liebe Oma unter ziemlich verwahrlosten Verhältnissen leben muss. Eigentlich ist die Schwester von Jochi für die Betreuung verantwortlich, erhält dafür ja auch die erforderliche finanzielle Unterstützung. Aber die ist derzeit selbst im Krankenhaus- und für Vertretung ist nicht gesorgt. Eine fatale Situation. Und als Dagi und Jochi dann abends von diesem Besuch zurückkehren, sind sie sehr aufgewühlt. Es muss etwas geschehen- meinen sie. Und es wird etwas geschehen, meint Jochi. Das ist ein Wort. Und wie ich meinen lieben Jochi so kenne, gehe ich auch davon aus, dass etwas geschehen wird- zum Wohle seiner Mama.

Aber jetzt in Trübsal zu verfallen- das ist auch nicht das Wahre- da stimme ich Dagi und Jochi vollkommen zu. Außerdem haben sie bereits Eintrittskarten erworben für den 1.November. Es geht mal wieder zum Schloss Scharfenberg und zwar zum „Herbststurm"- so heißt das neue Programm, das sie noch nicht gesehen haben.

Und auch diese Aufführung, in der es mal nicht- wie in den vergangenen Jahren- um den Tod und die Vergänglichkeit geht, sondern um die Liebe, ist ausgesprochen skurril und mitreißend inszeniert. Und das Ganze in der traumhaften Kulisse dieses alten Schlosses- das hat schon einen ganz besonderen Flair. Und das mögen meine Beiden - das Ausgefallene, das Besondere- also alles, was nicht gerade 08/15 ist. Und die „Herbststürme" auf Schloss Scharfenberg sind nun einmal alles andere als gewöhnliche Hausmannskost (obwohl auch die gut schmecken kann- aber das ist ein anderes Thema).

Entsprechend wohlgelaunt und in richtig guter Stimmung kehren die Beiden spät am Abend zurück. Die Nacht allerdings ist nur kurz, denn am folgenden Tag brechen wir schon wieder auf in Richtung Sellin. Ich bin begeistert. Ja- ganz echt. Mir hat die Seeluft gefehlt in meinem Taubenheimer Asyl. Jetzt freue ich mich ganz wirklich auf mein Zweitzuhause. Und die lange Autofahrt dort hin- dieses Mal geht mir das Rumgewürge auf der Autobahn tatsächlich so richtig an meinem Bürzel vorbei.

Wie schön- die ganze Wohnungsanlage ist praktisch leer. Nur Steffi von nebenan ist zu Hause. Und ein paar unermüdliche Handwerker wuseln in der unteren Reihe herum. Ich habe also total freie Bahn, kann mich ungestört im Gelände bewegen und warte jetzt eigentlich nur noch darauf, dass mein Katerchen mich bemerkt und sich ebenfalls bewegt- und zwar in meine Richtung.

Meine Mitbewohner lassen es derweil ruhig angehen. Dagi ist ohnehin ein wenig von der Rolle- vielleicht war die kalte Luft im Schloss Scharfenberg ein wenig zu scharf, so dass sie jetzt doch ein wenig verschnupft ist. Dagegen hilft ein starker Grog als wirksame Medizin- meint Jochi- wo er Recht hat, hat er eben Recht. Und er selbst- zu tun gibt es immer etwas. Und dieses Mal ist es das untere Schlafzimmer, das er sich vorgenommen hat und teilweise mit einer neuen netten Tapete einkleidet. Und der Urlaubsfilm ist ja auch noch nicht fertig. Hier oben findet er die Zeit und Muße, um all die vielen Clips in die richtige Form zu bringen und mit dem dazugehörigen Text zu unterlegen.

Aber natürlich halten sich die Beiden nicht nur in unseren vier Wänden auf. Ihre so sehr geliebte „Lachmöwe" spielt zwar im Moment nicht- außerhalb der Saison wären da wohl nur zwei Personen als Zuschauer anwesend- meine Leutchen nämlich. Haha- Scherz hau ab. Man kann ja noch andere Dinge unternehmen außer den üblichen Spaziergängen. So zum Beispiel mal wieder Sassnitz besuchen und dort im Hafen Fisch essen. Auch im „Inselfrieden" muss man sich sehen lassen und im Büro der Hausverwaltung ohnehin- denn noch immer ist nichts geschehen mit der Einfriedung, die bereits im Mai hätte in Ordnung gebracht werden sollen.

Die Tage sind mal wieder sehr ruhig und angenehm. Ich genieße das, zumal sich auch mein treuer Freund bei mir wieder meldet und wir beide gemütlich die Gegend durchstreifen oder es uns in dem Gebüsch im Innenhof gemütlich machen. In der großen Welt dagegen geht es nicht so gemütlich zu- und damit meine ich nicht die Kriege in der Ukraine oder im Nahen Osten. Im Fernseher kann ich verfolgen, dass die USA einen neuen Präsidenten gewählt hat- und zwar wieder einmal diesen Politclown Trump. Armes Amerika- kann man da nur sagen. Aber auch armes Deutschland: denn unser hochverehrter Herr Bundeskanzler hat ganz spontan den Finanzminister entlassen und damit die Koalition zum Platzen gebracht. Man ist praktisch handlungsunfähig. Eine neue Regierung wird gebraucht, das geht nur über Neuwahlen. Und was dann kommt- egal, Hauptsache ist, dass die Schlagsahne nicht rationiert wird. Und das wird man mir ja hoffentlich nicht antuen.

Wir bleiben länger, als es eigentlich geplant war. Einerseits deshalb, weil es uns so gut gefällt. Andererseits aber auch, weil Dagi`s Knie sich noch nicht so wirklich wieder tanztauglich fühlt und deshalb der Tanz- kreis in der Tanzschule ausfallen muss. Am Freitag, dem 8.November ist dann aber doch wieder Packen angesagt. Also- tschüß dann Sellin- bis zum nächsten Mal. Ich freue mich schon auf ein Wiedersehen - und kann es kaum erwarten, dann auch mein Katerchen wieder in die Pfoten zu nehmen.

Ein Tag bleibt in Hartha zum Verschnaufen, wobei auch dieser weitgehend mit Arbeiten im und ums Haus draufgeht. Der Herbst hat sich während unserer Abwesenheit von der besten Seite gezeigt und all das an Blättern von den Bäumen gefegt, was zuvor noch an den Ästen hing. Nun verteilt sich alles auf den Wegen und im Garten. Kein Vergnügen für Jochi, der nun den ganzen Blätterkram zusammenfegen und in die Tonne stecken muss- ein Vergnügen aber für mich, die ich die Ehre habe, diesem Geschehen zusehen zu dürfen.

Und dann haben wir wieder einmal lieben Besuch. Denn Tamika und Tessa quartieren sich am Wochenende ganz fröhlich bei uns ein. Für mich bedeutet das- ich muss mir für die Nacht eine andere als die sonst übliche Schlafstätte suchen und finde die im Keller. Auch Jochi wird aus seinem Bett vertrieben und schläft unter dem Dach. Aber das ist ja erst später der Fall. Zuvor geht es nämlich noch so richtig geschäftig und munter zu in unserem Haus. Besser gesagt- in unserer Küche. Denn Plätzchen backen steht auf dem Programm- wir befinden uns ja mittlerweile in der Vorweihnachtszeit. Und was gibt es da Schöneres für die beiden jungen Damen, als gemeinsam mit Oma Dagi die Küche in einen wahren Plätzchen- fabrikationsbetrieb umzugestalten. Das ist wirklich echt lustig, den Dreien dabei zuzuschauen, wenn sie so richtig bei der Sache sind.

Ich muss nur sehen, dass ich zuvor meinen Teller mit Schlagsahne aus der Gefahrenzone rette. Dann überlasse ich ihnen gerne das Schlachtfeld, in dem sie sich nach Herzenslust austoben können.

Was wäre ein Besuch bei Oma und Opa ohne einen Abstecher zu unternehmen in den Streichelzoo nach Höckendorf. Das gehört einfach dazu- und die Kaninchen, Ziegen, Kamele und anderen dortigen zwei- und vierbeinigen Bewohner freuen sich auch immer, wenn sie solch einen lieben Besuch bekommen.

Später noch etwas Kuchen backen- dieses Mal allerdings nicht real, sondern virtuell- an Jochi`s Computer nämlich. Danach werden die beiden Mädchen schon wieder abgeholt- für sie beginnt morgen eine neue „Arbeitswoche". Für uns nicht, wir können es ruhig angehen lassen - und tun dies auch Das Wetter ist ohnehin viel zu mies, um draußen irgendetwas sinnvolles zu unternehmen. Eben ein richtiges Novemberwetter. Meine beiden zweibeinigen Mitbewohner nutzen diese Tage und tätigen ein paar

Einkäufe- schon im Hinblick auf die Weihnachtstage, die ja so weit nicht mehr entfernt sind. Erst in Richtung Wochenende werden sie wieder aktiv. Am Donnerstag ist natürlich wieder tanzen angesagt. Und einen Tag später fahren sie zum Restaurant des Golfplatzes in Herzogswalde zum Abendessen. Aber das Essen ist es nicht alleine, was sie in diese Restauration treibt, in der sie bisher noch nicht waren, obwohl sie dicht vor der Haustür liegt. Es gibt auch Kultur- und zwar einen Musical-Abend.

Und dies ist eine sehr nette Vorstellung in diesem ausgesprochen schönen Ambiente.

156

Und Dagi und Jochi genießen daher auch diese Darbietung- Schlemmen mit Musik-im wahrsten Sinne des Wortes: hautnah (denn sie haben einen Platz erhalten in vorderster Reihe). Aber sie sind ja auch ViP`s- meint jedenfalls die Chefin des Hauses. Also im Ernst- da kringeln sich vor Lachen meine Fußnägel in die Höhe : Very incompetent persons- hahaha!

Nun ja- Spaß muss eben sein. Denn in den nächsten Tagen sieht es gar nicht so spaßig aus. Zunächst einmal kehrt der Winter bei uns ein- und zwar so richtig. Ab Dienstag befinden wir uns im Schneemodus- das

heißt, Jochi muss mal wieder kräftig ran und Schnee schaufeln. Aber Bewegung tut ja bekanntlich gut, deshalb hält sich mein Bedauern auch in Grenzen.

Echt bedauerlich allerdings empfinde ich den traurigen Umstand, dass aufgrund des Wetters und obendrein auch noch des etwas angeschlagenen körperlichen Zustandes von Dagi und Jochi die für die folgenden Tage geplanten Events ins Wasser, bzw. in den Schnee fallen. Tamika sollte am Buß- und Bettag in Dagi`s Nähstudio erscheinen- gut, das lässt sich nachholen. Aber unsere liebe Hamburger Verwandtschaft mit Emilia und Theresa, mit denen ein lustiges Wochen- ende geplant war, muss leider auch darauf verzichten. Das ist echt schade, denn ich mag die beiden Mädchen. Wir haben uns ja auch zuletzt in Sellin so gut verstanden.

So also verbringen wir diese ersten Winter- tage in ziemlicher Ruhe und Abgeschieden- heit in unseren vier Wänden. Der Kontakt nach draußen geschieht per Telefon oder auch E-Mail- und das dann doch ziemlich reichlich, wie ich da so mitbekomme, wenn ich selbst einmal aus dem Bett hervorkomme und zu meinem Futternapf schleiche.

Aber wirklich lange hält so ein eher trister Zustand bei meinen lieben Mitbewohnern natürlich nicht an. Das weiß ich, und das dürften sie inzwischen auch mitbekommen

haben. Denn schon bald holen die Beiden die kleine Tessa ab für den Nussknacker. Oder anders ausgedrückt: sie besuchen mit ihr eine für Kinder bearbeitete Vorstellung von Tschaikowsky`s „Nussknacker" im Dresdner Zwinger. Und natürlich ist unsere junge Dame mit bei der Sache- es wird Musik gemacht, es wird munter gesungen , es wird getanzt und gelacht-und unsere

Tessa ist eben total voll mit dabei. Ich zwar nicht. Aber ich habe das Bild geradezu vor Augen, wie die junge Lady tanzt und quietschvergnügt ist. Und ist die Tessa vergnügt, dann sind es meine lieben Menscheneltern auch- wie schön.

So, liebe Freundinnen und Freunde- der folgende Sonntag verläuft bei uns total ruhig- es ist ja auch Totensonntag, was soll man an solch einem Tag auch schon groß unternehmen. Dann aber beginnt wirklich die Vorweihnachtszeit. Und die hat es in sich- arbeitsmäßig meine ich, weil nun das

festliche Schmücken und weihnachtliche Herrichten des Hauses beginnt.

Dagi baut wieder wie gewohnt ihre gesamte stolze Räuchermännchenmannschaft auf- ich kann mich echt des Eindrucks nicht erwehren, dass es ständig mehr werden. Wie das geschieht, wo diese Truppe die übrige Zeit des Jahres in Pappkartons verstaut ist, ist mir echt ein Rätsel. Auch, weil die Mehrzahl dieser hölzernen Gestalten männlich ist und dazu noch eher ein wenig betagt. Aber egal- Jochi schmückt auch. Aber mehr die Fenster mit Lichterketten und stellt die Schwibbögen auf- auch das ist sehr lustig anzusehen. Und so glänzt das Haus bald in weihnachtlicher Pracht- wie heißt das so schön" „The same procedure as every year." Eben- und deshalb beschränke ich mich aufs Zusehen- das reicht völlig.

Das Haus ist also erst einmal weihnachtlich geschmückt- also ist soweit alles auf das bevorstehende Fest vorbereitet. Aber noch ist es ja nicht soweit. Und bis dahin ist auch der Terminkalender von Dagi und Jochi noch recht gut gefüllt, wobei ich das allwöchentliche Tanzen meiner zwei Gutsten am Donnerstag noch gar nicht einbeziehe. Am Sonntag, dem 1. Advent sind sie am Nachmittag bei Marion und Jürgen zum Stollenanstich eingeladen- und natürlich zu einem gemütlichen Plausch, denn es gibt immer etwas zu erzählen.

Von dort aus geht es später nach Freiberg ins Tivoli.

Nein, noch nicht zur Silvesterparty- die erfolgt später, und sicherlich nicht mehr in diesem Buch. Sie haben allerdings Karten für ein Konzert von Dirk Michaelis. Und das hat auch zweifellos seinen Reiz und kommt bei meinen Leutchen entsprechend gut an.

Richtig Stimmung ist im Laden bei dieser Performance, erklären sie mir dann auch nach ihrer Rückkehr aus Freiberg- und ihre Augen leuchten voller Glückseligkeit. Und was bedeutet das für mich? Nun, ich muss mir ihre Videomitschnitte am Abend noch betrachten- bin aber auch echt begeistert.

Ja, in der Tat- wir haben schon wieder ein Jahr durchlaufen und befinden uns nun im Dezember. Ruhig beginnt er- und das ist auch gut so. Denn Dagi laboriert ja immer noch mit ihrem Knie herum. Nun aber ist sie guter Hoffnung- ist in Dipps in Behandlung ohne operativen Eingriff. Das klingt schon einmal recht gut und hoffnungsvoll. So sind meine Leutchen auch bester Laune, als sie dann am Nikolaustag abends bei Eva und Wolfgang eingeladen sind- zum Plaudern, Essen und natürlich zum Erfahrungsaustausch in Bezug auf neue Urlaubsziele. Ein wirklich netter Abend ist das- und ein netter Abschluss für diese Chronik.

Denn - liebe Freundinnen und Freunde -

Nun mache ich einmal für heute Schluss mit dem Geschreibsel. Es reicht, ich habe meine sanften Pfötchen am Computer genug strapaziert. Und sie müssen ja auch erst einmal das verdauen, was ich ihnen so erzählt habe- von Dagi, von Jochi- und von mir natürlich. Natürlich ist das Jahr 2024 noch nicht Vergangenheit. Und auch im Terminkalender meiner beiden Mitstreiter steht für dieses Jahr noch einiges an: sei es ein Besuch auf dem Weihnachtsmarkt oder im Zwinger, im Weihnachtszirkus oder beim Weihnachtsoratorium- da kommt noch einiges. Aber darüber werde ich dann im nächsten Jahr berichten

Denn jetzt werde ich mich ein wenig zurückhalten und erst wieder aktiv werden, wenn unter dem Weihnachtsbaum die liebevoll verpackten Geschenke für die lieb-reizende Katze des Hauses liegen darauf warten, ausgepackt zu werden.

Für das vor uns liegende Jahr 2025 wünsche ich ihnen alles, alles Gute. Möge das neue

Jahr ein Gutes für sie sein , für uns und für die Welt insgesamt, ein Jahr , in dem die Menschen endlich einmal zur Vernunft kommen werden, um ihre Kriege zu beenden und um Wege zu finden für ein friedliches , harmonisches und letztendlich vernünftiges Zusammenleben. Klar- wir Tiere machen es uns auch nicht immer leicht und geraten auch schon einmal aneinander- also Rosi und ich jedenfalls. Im Grunde aber suchen wir gar nichts anderes als Frieden und Harmonie . Von daher wäre es doch eine gute Idee, wenn sich die Menschen mal ein Beispiel an uns nehmen würden.

Ihnen persönlich wünsche ich für 2025 alles erdenklich Gute. Mögen Glück und Erfolg ihre Wegbegleiter sein und sie von Krankheiten und anderem Unbill verschont bleiben. Lassen sie uns gemeinsam optimistisch in die Zukunft schauen. Genießen sie einfach jeden Tag, so wie ich es auch tue und auch meine beiden unsteten Mitbewohner. „Carpe diem"- das ist lateinisch und schon sehr alt, hat aber in all den Jahren nichts an Ausdruckskraft und Wahrheit verloren: „nutze den Tag"- und genieße ihn. Insoweit kann ich nur das wiederholen, was ich ihnen auch schon im letzten Jahr mit auf den Weg gegeben habe. Machen sie es wie meine geliebten Menscheneltern und schieben sie ihre Vorhaben nicht vor sich her. Deshalb noch einmal zur Wiederholung und ständigen Ermahnung- immer daran denken: "Carpe diem"- nutze den Tag.

Dies wünscht ihnen die schönste und intelligenteste Katze des Grundbachtales und der Seestraße in Sellin.

Also- Kopf hoch- und bleiben sie gesund.

Ihre

Nachwort:

Liebe Leserin, lieber Leser,

wir schließen uns in vollem Umfang den Worten unserer grauen Mitbewohnerin an. Denn wo sie Recht hat, hat sie nun einmal Recht- diese graue Besserwisserin.

Wieder ist ein Jahr in nahezu Windeseile an uns vorbeigezogen. Das ist wohl so, wenn man in die Jahre kommt- diese Jahre kommen einem tatsächlich viel kürzer vor, als sie tatsächlich sind. Das liegt sicherlich aber auch an dem Umstand, dass - für uns jedenfalls- das Jahr vollgepackt war mit zumeist schönen Erlebnissen, Reisen und anderen interessanten Veranstaltungen. Und es ist in der Tat so- wenn man schöne Dinge erlebt, vergisst man einfach einmal Raum und Zeit und lässt sich einfach treiben- und das ist gut so und sicherlich sehr entspannend. Und unsere Hauskatze hat es auch in diesem Jahr geschafft, all das niederzuschreiben, was wir erlebt haben und was uns so ganz persönlich bewegt hat.

Diese hochintellektuelle, unnachahmliche graue Mitbewohnerin Lara hat in dieser Jahreschronik erneut auf liebevolle Weise geschildert, wie schön und wie harmonisch das persönliche Leben auch in diesen nicht ganz einfachen Zeiten sein kann. Dafür gebührt ihr unser ganz besonderer Dank. 2024 war für uns rückblickend betrachtet ein schönes und erfülltes Jahr. Ein Jahr, in dem wir Vieles gesehen und erlebt haben, neue Eindrücke gewonnen haben und vor allem die Zuversicht und die Freude am Leben nicht verloren haben. Letzteres ist sehr viel wert und wir geben ihnen diese Zuversicht gerne weiter mit auf ihren eigenen, persönlichen Lebensweg.

Wir bedanken uns für ihr Interesse und die Ausdauer, die sie beim Lesen dieser kleinen Chronik bewiesen haben und hoffen, sie haben einen kleinen Einblick erhalten davon, wie es in einem von einer kleinen aber sehr bestimmenden Katze geprägtem Rentnerhaushalt so zugeht. Und wir wünschen uns, dass sie uns auch durch das Jahr 2025 begleiten werden, uns und unsere Hauskatze Lara.

Vielen Dank Lara und vielen Dank ihnen, liebe Leserin und lieber Leser. Bleiben sie uns gewogen und vor allem gesund.

Ihre Dagmar und Joachim Thomas.